余华作品

现实一种

作家出版社

图书在版编目（CIP）数据

现实一种/余华著. －2 版. －北京:作家出版社，2012.9
（2025.6 重印）
（余华作品）
ISBN 978－7－5063－6567－3

Ⅰ.①现…Ⅱ.①余…Ⅲ.①中篇小说－小说集－中国－当代 Ⅳ.①I247.5

中国版本图书馆 CIP 数据核字（2012）第 182438 号

现实一种

作　　　者：余　华
责任编辑：钱　英
装帧设计：张晓光
出版发行：作家出版社有限公司
社　　　址：北京农展馆南里 10 号　　邮编：100125
电话传真：86－10－65067186（发行中心及邮购部）
　　　　　　86－10－65004079（总编室）
E－mail：zuojia@zuojia.net.cn
http://www.zuojiachubanshe.com
印　　　刷：三河市紫恒印装有限公司
成品尺寸：142×210
字　　　数：104 千
印　　　张：5
印　　　数：306001－316000
版　　　次：2008 年 5 月第 1 版
　　　　　　2012 年 9 月第 2 版
印　　　次：2025 年 6 月第 38 次印刷
ISBN　978－7－5063－6567－3
定　　　价：25.00 元

目　录

自 序

　　这是我从 1986 年到 1998 年的写作旅程，十多年的漫漫长夜和那些晴朗或者阴沉的白昼过去之后，岁月留下了什么？我感到自己的记忆只能点点滴滴地出现，而且转瞬即逝。回首往事有时就像是翻阅陈旧的日历，昔日曾经出现过的欢乐和痛苦的时光成为了同样的颜色，在泛黄的纸上字迹都是一样的暗淡，使人难以区分。这似乎就是人生之路，经历总是比回忆鲜明有力。回忆在岁月消逝后出现，如同一根稻草漂浮到溺水者眼前，自我的拯救仅仅只是象征。同样的道理，回忆无法还原过去的生活，它只是偶然提醒我们：过去曾经拥有过什么？而且这样的提醒时常以篡改为荣，不过人们也需要偷梁换柱的回忆来满足内心的虚荣，使过去的人生变得丰富和饱满。我的经验是写作可以不断地去唤醒记忆，我相信这样的记忆不仅仅属于我个人，这可能是一个时代的形象，或者说是一个世界在某一个人心灵深处的烙印，那是无法愈合的疤痕。我的写作唤醒了我记忆中无数的欲望，这样的欲望在我过去的生活里曾经有过或者根本没有，曾经实现过或者根本无法实现。我的写作使它们聚集到了一起，在虚构的现实里成为合法。十多年之后，我发现自己的写作已经建立了现实经历之外的一条人生道路，它和我现实的人生之路同时出发，并肩而行，有时交叉到了一起，有时又天各一方。因此，我现在越来越相信这样的话——写作有益于身心健康，因为我感到自己的人生正在完整起来。写作使我拥有了两个人生，现实的和虚构的，它们的关系就像是健康和疾病，当一个强大起来时，另一个必然会衰落下去。于是，当我现实的人生越来越平乏之时，我虚构的人生已经异常丰富了。

这些中短篇小说所记录下来的，就是我的另一条人生之路。与现实的人生之路不同的是，它有着还原的可能，而且准确无误。虽然岁月的流逝会使它纸张泛黄字迹不清，然而每一次的重新出版都让它焕然一新，重获鲜明的形象。这就是我为什么如此热爱写作的理由。

现实一种

一

那天早晨和别的早晨没有两样，那天早晨正下着小雨。因为这雨断断续续下了一个多星期，所以在山岗和山峰兄弟俩的印象中，晴天十分遥远，仿佛远在他们的童年里。

天刚亮的时候，他们就听到母亲在抱怨什么骨头发霉了。母亲的抱怨声就像那雨一样滴滴答答。那时候他们还躺在床上，他们听着母亲向厨房走去的脚步声。

她折断了几根筷子，对两个儿媳妇说："我夜里常常听到身体里有这种筷子被折断的声音。"两个媳妇没有回答，她们正在做早饭。她继续说："我知道那是骨头正一根一根断了。"

兄弟俩是这时候起床的，他们从各自的卧室里走出来，都在嘴里嘟哝了一句："讨厌。"像是在讨厌不停的雨，同时又像是讨厌母亲雨一样的抱怨。

现在他们像往常一样围坐在一起吃早饭了，早饭由米粥和油条组成。

老太太长年吃素，所以在桌旁放着一小碟咸菜，咸菜是她自己腌制的。她现在不再抱怨骨头发霉，她开始说："我胃里好像在长出青苔来。"

于是兄弟俩便想起蚯蚓爬过的那种青苔，生长在井沿和破旧的墙角，那种有些发光的绿色。他们的妻子似乎没有听到母亲的话，因为她们脸上的神色像泥土一样。

山岗四岁的儿子皮皮没和大人同桌，他坐在一只塑料小凳上，他在那里吃早饭，他没吃油条，母亲在他的米粥里放了白糖。

刚才他爬到祖母身旁，偷吃一点咸菜。因此祖母此刻还在眼泪汪汪，她喋喋不休地说着："你今后吃的东西多着呢，我已经没有多少日子可以吃了。"因此他被父亲一把拖回到塑料小凳子上。所以他此刻心里十分不满，他用匙子敲打着碗边，嘴里叫着："太少了，吃不够。"

他反复叫着，声音越来越响亮，可大人们没有理睬他，于是他就决定哭一下。而这时候他的堂弟嘹亮地哭起来，堂弟正被婶婶抱在怀中。他看到婶婶把堂弟抱到一边去换尿布了。于是他就走去站在旁边。堂弟哭得很激动，随着身体的扭动，那叫小便的玩意儿一颤一颤的。他很得意地对婶婶说："他是男的。"但是婶婶没有理睬他，换毕尿布后她又坐到刚才的位子上去了。他站在原处没有动。这时候堂弟不再哭了，堂弟正用两个玻璃球一样的眼睛看着他。他有点沮丧地走开了。他没有回到塑料小凳上，而是走到窗前。他太矮，于是就仰起头来看着窗玻璃，屋外的雨水打在玻璃上，像蚯蚓一样扭动着滑了下来。

这时早饭已经结束。山岗看着妻子用抹布擦着桌子。山峰则看着妻子抱着孩子走进了卧室，门没有关上，不一会妻子又走了出来，妻子走出来以后走进了厨房。山峰便转回头来，看着嫂嫂擦着桌子的手，那手上有几条静脉时隐时现。山峰看了一会才抬起头来，他望着窗玻璃上纵横交叉的水珠对山岗说："这雨好像下了一百年了。"

山岗说："好像是有这么久了。"

他们的母亲又在喋喋不休了。她正坐在自己房中，所以她的声音很轻微。母亲开始咳嗽了，她咳嗽的声音很夸张。接着是吐痰的声音。那声音很有弹性。他们知道她是将痰吐在手心里，她现在开始观察痰里是否有血迹了。他们可以想象这时的情景。

不久以后他们的妻子从各自的卧室走了出来，手里都拿着两把雨伞，到了去上班的时候了。兄弟俩这时才站起来，接过雨伞后四个人一起走了出去，他们将一起走出那条胡同，然后兄弟俩往西走，他们的妻子则往东走去。兄弟两人走在一起，像是互不相识一样。他们默默无语一直走到那所中学的门口，然后山峰拐弯走上了桥，而山岗继续往前走。他们的妻子走在一起的时间十分短，她们总是一走出胡同就会碰到各自的同事，于是便各自迎上去说几句话后和同事一起走了。

他们走后不久，皮皮依然站在原处，他在听着雨声，现在他已经听出了四种雨滴声，雨滴在屋顶上的声音让他感到是父亲用食指在敲打他的脑袋，而滴在树叶上时仿佛跳跃了几下。另两种声音来自屋前水泥地和屋后的池塘，和滴进池塘时清脆的声响相比，来自水泥地的声音显然沉闷了。

于是孩子站了起来，他从桌子底下钻过去，然后一步一步走到祖母的卧室门口，门半掩着，祖母如死去一般坐在床沿上。孩子说："现在正下着四场雨。"祖母听后打了一个响亮的嗝。孩子便嗅到一股臭味，近来祖母打出来的嗝越来越臭了。所以他立刻离开，他开始走向堂弟。

堂弟躺在摇篮里，眼睛望着天花板，脸上笑眯眯的，孩子就对堂弟说："现在正下着四场雨。"

堂弟显然听到了声音，两条小腿便活跃起来，眼睛也开始东张西望。可是没有找到他。他就用手去摸摸堂弟的脸，那脸像棉花一样松软。他禁不住使劲拧了一下，于是堂弟"哇"的一声灿烂地哭了起来。

这哭声使他感到莫名的喜悦，他朝堂弟惊喜地看了一会，随后对准堂弟的脸打去一个耳光。他看到父亲经常这样揍母亲。挨了一记耳光后堂弟突然窒息了起来，嘴巴无声地张了好一会，接着一种像是暴风将玻璃窗打开似的声音冲击而出。这声音嘹亮悦耳，使孩子异常激动。然而不久之后这哭声便跌落下去，因此他又给了他一个耳光。堂弟为了自卫而乱抓的手在他手背上留下了两道血痕，他一点也没觉察。他只是感到这一次耳光下去那哭声并没有窒息，不过是响亮一点，远没有刚才那么动人。所以他使足劲又打去一个，可是情况依然如此，那哭声无非是拖得长一点而已。于是他就放弃了这种办法，他伸手去卡堂弟的喉管，堂弟的双手便在他手背上乱抓起来。当他松开时，那如愿以偿的哭声又响了起来。他就这样不断去卡堂弟的喉管又不断松开，他一次次地享受着那爆破似的哭声。后来当他再松开手时，堂弟已经没有那种充满激情的哭声了，只不过是张着嘴一颤一颤地吐气，于是他开始感到索然无味，便走开了。

他重新站在窗下，这时窗玻璃上已经没有水珠在流动，只有杂乱交错的水迹，像是一条条路。孩子开始想象汽车在上面奔驰和相撞的情景。随后他发现有几片树叶在玻璃上摇晃，接着又看到有无数金色的小光亮在玻璃上闪烁，这使他惊讶无比。于是他立刻推开窗户，他想让那几片树叶到里面来摇晃，让那些小光亮跳跃起来，围住他翩翩起舞。那光亮果然一涌而进，但不是雨点那样一滴一滴，而是一片，他发现天晴了，阳光此刻贴在他身上。刚才那几片树叶现在清晰可见，屋外的榆树正在伸过来，树叶绿得晶亮，正慢慢地往下滴着水珠，每滴一颗树叶都要轻微地颤抖一下，这优美的颤抖使孩子笑了起来。

然后孩子又出现在堂弟的摇篮旁，他告诉他："太阳出来了。"堂弟此刻已经忘了刚才的一切，笑眯眯地看着他。他说："你想去看太阳吗？"堂弟这时蹬起了两条腿，嘴里"哎哎"地叫了起来。他又说："可是你会走路吗？"堂弟这时停止了喊叫，开始用两只玻璃球一样的眼睛看着他，同时两条胳膊伸出来像是要他抱。"我知道了，你是要我抱你。"他说着用力将他从摇篮里抱了出来，像抱那只塑料小凳一样抱着他。他感到自己是抱着一大块肉。堂弟这时又"哎哎"地叫起来。"你很高兴，对吗？"他说。他有点费力地走到屋外。

那时候远处一户人家正响着鞭炮声，而隔壁院子里正在生煤球炉子，一股浓烟越过围墙滚滚而来。堂弟一看到浓烟高兴得哇哇大叫，他对太阳不感兴趣。他也没空对太阳感兴趣，因为此刻有几只麻雀从屋顶上斜飞下来，逗留在树枝上，那几根树枝随着它们喳喳的叫声而上下起伏。

然而孩子感到越来越沉重了，他感到这沉重来自手中抱着的东西，所以他就松开了手，他听到那东西掉下去时同时发出两种声音，一种沉闷一种清脆，随后什么声音也没有了。现在他感到轻松自在，他看到几只麻雀在树枝间跳来跳去，因为树枝的抖动，那些树叶像扇子似的一扇一扇。他那么站了一会后感到口渴，所以他就转身往屋里走去。

他没有一下子就找到水，在卧室桌上有一只玻璃杯放着，可是里面没有水。于是他又走进了厨房，厨房的桌上放着两只搪瓷杯子，盖着盖。他没法知道里面是否有水，因为他够不着，所以他重新走出去，将塑料小凳搬进来。在抱起塑料小凳时他蓦然想起他的堂弟，他记得自己刚才抱着他走到屋外，现在却只有他一人了。他觉得奇怪，但他没往下细想。他爬到小凳子上去，将两只杯子拖过来时感到它们都是有些沉，两只杯子都有水，因此他都喝了几口。随后他又惦记起刚才那几只麻雀，便走了出去。而屋外榆树上已经没有鸟在跳跃，鸟已经飞走了。他看到水泥地开始泛出了白色，随即看到了堂弟，他的堂弟正舒展四肢仰躺在地上。他走到近旁蹲下去推推他，堂弟没有动，接着他看到堂弟头部的水泥地上有一小摊血。他俯下身去察看，发现血是从脑袋里流出来的，流在地上像一朵花似的在慢吞吞开放着。而后他看到有几只蚂蚁从四周快速爬了过来，爬到血上就不再动弹。只有一只蚂蚁绕过血而爬到了他的头发上。沿着几根被血凝固的头发一直爬进了堂弟的脑袋，从那往外流血的地方爬了进去。他这时才站起来，茫然地朝四周望望，然后走回屋中。

他看祖母的门依旧半掩着，就走过去，祖母还是坐在床上。他就告诉她："弟弟睡着了。"祖母转过头来看了看他，他发现她正眼泪汪汪。他感到没意思，就走到厨房里，在那只小凳子上坐了下来。他这时才感到右手有些疼痛，右手被抓破了。他想了很久才回忆起是在摇篮旁被堂弟抓破的，接着又回忆自己怎样抱着堂弟走到屋外，后来他怎样松手。因为回忆太累，所以他就不再往下想。他把头往墙上一靠，马上就睡着了。

很久以后，她才站起来，于是她又听到体内有筷子被折断一样的声音。声音从她松弛的皮肤里冲出来后变得异常轻微，尽管她有些耳聋，可还是清晰地听到了。因此这时她又眼泪汪汪起来，她觉得自己活不久了，因为每天都有骨头在折断。她觉得自己不久以后不仅没法站和没法坐，就是躺着也不行了。那时候她体内已经没有完整的骨骼，却是一堆长短形状粗细都不一样的碎骨头不负责任地挤在一起。那时候她脚上的骨头也许会从腹部顶出来，而手臂上的骨头可能会插进长满青苔的胃。

她走出了卧室，此后她没再听到那种响声，可她依旧忧心忡忡。此刻从那敞开的门窗涌进来的阳光使她两眼昏花，她看到的是一片闪烁的东西，她不知道那是什么，便走到了门口。阳光照在她身上，使她看到双手黄得可怕。接着她看到一团黄黄的东西躺在前面。她仍然不知道那是什么。于是她就跨出门，慢吞吞地走到近旁，她还没认出这一团东西就是她孙儿时，她已经看到了那一摊血，她吓了一跳，赶紧走回自己的卧室。

二

孩子的母亲是提前下班回家的。她在一家童车厂当会计。在快要下班的前一刻，她无端地担心起孩子会出事。因此她坐不住了，她向同事说一声要回去看儿子。这种担心在路上越发强烈。当她打开院子的门时，这种担心得到了证实。

她看到儿子躺在阳光下，和他的影子躺在一起。一旦担心成为现实，她便恍惚起来。她在门口站了一会，她似乎看到儿子头部的地上有一摊血迹。血迹在阳光下显得不太真实，于是那躺着的儿子也仿佛是假的。随后她才走了过去，走到近旁她试探性地叫了几声儿子的名字，儿子没有反应。这时她似乎略有些放心，仿佛躺着的并不是她的儿子。她挺起身子，抬头看了看天空，她感到天空太灿烂，使她头晕目眩。然后她很费力地朝屋中走去，

　　　　　　　　　　　　　　　　　　　　　　　　余华作品

走入屋中她觉得阴沉觉得有些冷。卧室的门敞开着，她走进去。她在柜前站住，拉开抽屉往里面寻找什么，抽屉里堆满羊毛衫。她在里面翻了一阵，没有她要找的东西，她又拉开柜门，里面挂着她和丈夫山峰的大衣，也没有她要找的东西。她又去拉开写字台的全部抽屉，但她只是看一眼就走开了。她在一把椅子上坐了下来，眼睛开始在屋内搜查起来。她的目光从刚才的柜子上晃过，又从圆桌的玻璃上滑下，斜到那只三人沙发里；接着目光又从沙发里跳出来到了房上。然后她才看到摇篮。这时她猛然一惊，立刻跳起来。摇篮里空空荡荡，没有她的儿子。于是她蓦然想起躺在屋外的孩子，她疯一般地冲到屋外，可是来到儿子身旁她又不知所措了。但是她想起了山峰，便转身走出去。

她在胡同里拼命地走着，她似乎感到有人从对面走来向她打招呼。但她没有答理，她横冲直撞地往胡同口走去。可走到胡同口她又站住。一条大街横在眼前，她不知该朝哪个方向走，她急得直喘气。

山峰这时候出现了，山峰正和一个什么人说着话朝她走来。于是她才知道该往那个方向去。当她断定山峰已经看到她时，她终于响亮地哭了起来。不一会她感到山峰抓住了她的手臂，她听到丈夫问："出了什么事？"她张了张嘴却没有声音。她听到丈夫又问："到底出了什么事？"可她依旧张着嘴说不出话来。"是不是孩子出事了？"丈夫此刻开始咆哮了。这时她才费力地点了点头。山峰便扔开她往家里跑去。她也转身往回走，她感到四周有很多人，还有很多声音。她走得很慢，不一会她看到丈夫抱着儿子跑了过来，从她身边一擦而过。于是重新转回身去。她想走得快一点好赶上丈夫，她知道丈夫一定是去医院了。可她怎么也走不快。现在她不再哭了。她走到胡同口时又不知该往何处去，就问一个走来的人，那人用手向西一指，她才想起医院在什么地方。她在人行道上慢吞吞地往西走去，她感到自己的身体像一片树叶一样被风吹得摇摇晃晃。她一直走到那家百货商店时，才恢复了一些感觉。她知道医院已经不远了。而这时她却看到丈夫抱着儿子走来了。山峰脸上僵硬的神色使她明白了一切，所以她又号啕大哭了。山峰走到她眼前，咬牙切齿地说："回家去哭。"她不敢再哭，她抓住山峰的衣服，跟着他往回走去。

山岗回家的时候，他的妻子已在厨房里了。他走进自己的卧室，在沙发里坐了下来。他感到无所事事，他在等着吃午饭。皮皮是在这时出现在他眼前的。皮皮因为母亲走进厨房而醒了，醒来以后他感到全身发冷，他便对母亲说了。正在忙午饭的母亲就打发他去穿衣服。于是他就哆哆嗦嗦地出现在父亲的跟前。他的模样使山岗有些不耐烦。

山岗问："你这是干什么？"

"我冷。"皮皮回答。

山岗不再答理，他将目光从儿子身上移开，望着窗玻璃。他发现窗户没有打开，就走过去打开了窗户。

"我冷。"皮皮又说。

山岗没有去理睬儿子，他站在窗口，阳光晒在他身上使他感到很舒服。

这时山峰抱着孩子走了进来，他妻子跟在后面，他们的神色使山岗感到出了什么事。兄弟俩看了一眼，谁也没有说话。山岗听着他们迟缓的脚步跨入屋中，然后一声响亮的关门声。这一声使山岗坚定了刚才的想法。

皮皮此刻又说了："我冷。"

山岗走出了卧室，他在餐桌旁坐了下来，这时妻子正从厨房里将饭菜端了出来，皮皮已经坐在了那只塑料小凳上。他听到山峰在自己房间里吼叫的声音。他和妻子互相望了一眼，妻子也坐了下来。她问山岗："要不要去叫他们一声？"

山岗回答："不用。"

老太太这时走了出来，手里拿着一碟咸菜。她从来不用他们叫，总会准时地出现在餐桌旁。

山峰屋中除了吼叫的声音外，增加了另外一种声音。山岗知道那是什么声音。他嘴里咀嚼着，眼睛却通过敞开的门窗看到外面去了。不一会他听到母亲在一旁抱怨，他便转过脸来，看到母亲正愁眉苦脸望着那一碗米饭，他听到她在说："我看到血了。"他重新将头转过去，继续看着屋外的阳光。

山峰抱着孩子走入自己的房门，把孩子放入摇篮以后，用脚狠命一蹬关上了卧室的门。然后看着已经坐在床沿上的妻子说："你现在可以哭了。"

他妻子却神情恍惚地望着他，仿佛没有听到他的话，那双睁着的眼睛似乎已经死去，但她的坐姿很挺拔。

山峰又说："你可以哭了。"

可她只是将眼睛移动了一下。

山峰往前走了一步，问："你为什么不哭？"

她这时才动弹了一下，抬起头疲倦地望着山峰的头发。

山峰继续说："哭吧，我现在想听你哭。"

两颗眼泪于是从她那空洞的眼睛里滴了出来，迟缓而下。

"很好。"山峰说，"最好再来点声音。"

但她只是无声地流泪。

这时山峰终于爆发了，他一把揪住妻子的头发吼道："为什么不哭得响亮一点。"

她的眼泪骤然而止，她害怕地望着丈夫。

"告诉我，是谁把他抱出去的？"山峰再一次吼叫起来。

她茫然地摇摇头。

"难道是孩子自己走出去的？"

她这次没有摇头，但也没有点头。

"你什么都不知道，是吗？"山峰不再吼叫，而是咬牙切齿地问。

她想了很久才点点头。

"这么说你回家时孩子已经躺在那里了？"

她又点点头。

"所以你就跑出来找我？"

她的眼泪这时又淌了下来。

山峰咆哮了："你当时为什么不把他抱到医院去，你就成心让他死去。"

她慌乱地摇起了头，她看着丈夫的拳头挥了起来，瞬间之后脸上挨了重重的一拳。她倒在了床上。

山峰俯身抓住她的头发把她提起来，接着又往她脸上揍去一拳。这一拳将她打在地上，但她仍然无声无息。

山峰把她再拉起来，她被拉起来后双手护住了脸。可山峰却是对准她的乳房揍去，这一拳使她感到天昏地暗，她窒息般地呜咽了一声后倒了下去。

当山峰再去拉起她的时候感到特别沉重，她的身体就像掉入水中一样直往下沉。于是山峰就屈起膝盖顶住她的腹部，让她贴在墙上，然后抓住她的头发狠命地往墙上撞了三下。山峰吼道："为什么死的不是你。"吼毕才松开手，她的身体便贴着墙壁滑了下去。

随后山峰打开房门走到了外间。那时候山岗已经吃完了午饭，但他仍坐在那里。他的妻子正将碗筷收去，留下的两双是给山峰他们的。山岗看到山峰杀气腾腾地走了出来，走到母亲身旁。

此刻母亲仍端坐在那里喋喋不休地抱怨着她看到血了。那一碗米饭纹丝未动。

山峰问母亲："是谁把我儿子抱出去的？"

母亲抬起头来看看儿子，愁眉苦脸地说："我看到血了。"

"我问你。"山峰叫道，"是谁把我儿子抱出去的？"

母亲仍然没对儿子的问话感兴趣，但她希望儿子对她看到血感兴趣，她希望儿子来关心一下她的胃口。所以她再次说："我看到血了。"

然而山峰却抓住了母亲的肩膀摇了起来："是谁？"

坐在一旁的山岗这时开口了，他平静地说："别这样。"

山峰放开了母亲的肩膀，他转身朝山岗吼道："我儿子死啦！"

山岗听后心里一怔，于是他就不再说什么。

山峰重新转回身去问母亲："是谁？"

这时母亲眼泪汪汪地嘟哝起来："你把我的骨头都摇断了。"她对山岗说："你来听听，我身体里全是骨头断的声音。"

山岗点点头，说："我听到了。"但他坐着没动。

山峰几乎是最后一次吼叫了："是谁把我儿子抱出去的？"

此时坐在塑料小凳上的皮皮用比山峰还要响亮的声音回答："我抱的。"当山峰第一次这样问母亲时，皮皮没去关心。后来山峰的神态吸引了他，他有些费力地听着山峰的吼叫，刚一听懂他就迫不及待地叫了起来，然后他非常得意地望望父亲。

于是山峰立刻放开母亲，他朝皮皮走去。他凶猛的模样使山岗站了起来。

皮皮依旧坐在小凳上，他感到山峰那双血红的眼睛很有趣。

山峰在山岗面前站住，他叫道："你让开。"

山岗十分平静地说："他还是孩子。"

"我不管。"

"但是我要管。"山岗回答，声音仍然很平静。

于是山峰对准山岗的脸狠击一拳，山岗只是歪了一下头却没有倒下。

"别这样。"山岗说。

"你让开。"山峰再次吼道。

"他还是孩子。"山岗又说。

"我不管,我要他偿命。"山峰说完又朝山岗打去一拳,山岗仍是歪一下头。

这情景使老太太惊愕不已,她连声叫着:"吓死我了。"然而却坐着未动,因为山峰的拳头离她还有距离。此时山岗的妻子从厨房里跑了出来,她朝山岗叫道:"这是怎么了?"

山岗对她说:"把孩子带走。"

可是皮皮却不愿意离开,他正兴致勃勃地欣赏着山峰的拳头。父亲没有倒下使他兴高采烈。因此当母亲将他一把拖起来时,他不禁愤怒地大哭了。

这时山峰转身去打皮皮,山岗伸手挡住了他的拳头,随即又抓住山峰的胳膊,不让他挨近皮皮。

山峰就提起膝盖朝山岗腹部顶去,这一下使山岗疼弯了腰,他不由呻吟了几下。但他仍抓住山峰的胳膊,直到看着妻子把孩子带入卧室关上门后,才松开手,然后挪几步坐在了凳子上。

山峰朝那扇门狠命地踢了起来,同时吼着:"把他交出来。"

山岗看着山峰疯狂地踢门,同时听着妻子在里面叫他的名字,还有孩子的哭声。他坐着没有动。他感到身旁的母亲正站起来离开,母亲嘟嘟哝哝像是嘴里塞着棉花。

山峰狠命地踢了一阵后才收住脚,接着他又朝门看了很久,然后才转过身来,他朝山岗看了一眼,走过去也在凳子上坐下,他的眼睛继续望着那扇门,目光像是钉在那上面,山岗坐在那里一直看着他。

后来，山岗感到山峰的呼吸声平静下来了，于是他站起身，朝卧室的门走去。他感到山峰的目光将自己的身体穿透了。他在门上敲了几下，说："是我，开门吧。"同时听着山峰是否站了起来，山峰坐在那里没有声息。他放心了，继续敲门。

门战战兢兢地打开了，他看到妻子不安的脸。他对她轻轻说："没事了。"但她还是迅速地将门关上。

她仰起头看着他，说："他把你打成这样。"

山岗轻轻一笑，他说："过几天就没事了。"

说着山岗走到泪汪汪的儿子身旁，用手摸他的脑袋，对他说："别哭。"接着他走到衣柜的镜子旁，他看到一个脸部肿胀的陌生人。他回头问妻子："这人是我吗？"

妻子没有回答，她正怔怔地望着他。

他对她说："把所有的存折都拿出来。"

她迟疑了一下后就照他的话去办了。

他继续逗留在镜子旁。他发现额头完整无损，下巴也是原来的，而其余的都已经背叛他了。

这时妻子将存折递了过去，他接过来后问："多少钱？"

"三千元。"她回答。

"就这么多？"他怀疑地问。

"可我们总该留一点。"她申辩道。

"全部拿出来。"他坚定地说。

她只得将另外两千元递过去，山岗拿着存折走到了外间。

此刻山峰仍然坐在原处，山岗打开门走出来时，山峰的目光便离开了门而盯在山岗的腹部，现在山岗向他走来，目光就开始缩短。山岗在他面前站住，目光就上升到了山岗的胸膛。他看到山岗的手正在伸过来，手中捏着十多张存折。

"这里是五千元。"山岗说，"这事就这样结束吧。"

"不行。"山峰斩钉截铁地回答，他的嗓音沙哑了。

"我所有的钱都在这里了。"山岗又说。

"你滚开。"山峰说。因为山岗的胸膛挡住了他的视线，他没法看到那扇门。

山岗在他身旁默默地站了很久，他一直看着山峰的脸，他看到那脸上有一种傻乎乎的神色。然后他才转过身，重新走回卧室。他把存折放在妻子手中。

"他不要？"她惊讶地问。

他没有回答，而是走到儿子身旁，用手拍拍他的脑袋说："跟我来。"

孩子看了看母亲后就站了起来，他问父亲："到哪里去？"

这时她明白了，她挡住山岗，她说："不能这样，他会打死他的。"

山岗用手推开她，另一只手拉着儿子往外走去，他听到她在后面说："我求你了。"

山岗走到了山峰面前，他把儿子推上去说："把他交给你了。"

山峰抬起头来看了一下皮皮和山岗，他似乎想站起来，可身体只是动了一下。然后他的目光转了个弯，看到屋外院子里去了。

于是他看到了那一摊血。血在阳光下显得有些耀眼。他发现那一摊血在发出光亮，像阳光一样的光亮。

皮皮站在那里显然是兴味索然，他仰起头来看看父亲，父亲脸上没有表情，和山峰一样。于是他就东张西望，他看到母亲不知什么时候起也站在他身后了。

山峰这时候站了起来，他对山岗说："我要他把那摊血舔干净。"

"以后呢？"山岗问。

山峰犹豫了一下才说："以后就算了。"

"好吧。"山岗点点头。

这时孩子的母亲对山峰说："让我舔吧，他还不懂事。"

山峰没有答理，他拉着孩子往外走。于是她也跟了出去。山岗迟疑了一下后走回卧室，但他只走到卧室的窗前。

山岗看到妻子一走近那摊血迹就俯下身去舔了，妻子的模样十分贪婪。山岗看到山峰朝妻子的臀部蹭去一脚，妻子摔向一旁然后跪起来拼命地呕吐了，她喉咙里发出了那种令人毛骨悚然的声音。接着他看到山峰把皮皮的头按了下去，皮皮便趴在了地上。他听到山峰用一种近似妻子呕吐的声音说："舔。"

皮皮趴在那里，望着这摊在阳光下亮晶晶的血，使他想起某一种鲜艳的果浆。他伸出舌头试探地舔了一下，于是一种崭新的滋味油然而生。接下去他就放心去舔了，他感到水泥上的血很粗糙，不一会舌头发麻了，随后舌尖上出现了几丝流动的血，这血使他觉得更可口，但他不知道那是自己的血。

山岗这时看到弟媳伤痕累累地出现了，她嘴里叫着"咬死你"扑向了皮皮。与此同时山峰飞起一脚踢进了皮皮的胯里。皮皮的身体腾空而起，随即脑袋朝下撞在了水泥地上，发出一声沉重的声音。他看到儿子挣扎了几下后就舒展四肢瘫痪似的不再动了。

三

那时候老太太听到"咕咚"一声，这声音使她大吃一惊。声音是从腹部钻出来的，仿佛已经憋了很久总算散发出来，声音里充满了怨气。她马上断定那是肠子在腐烂，而且这种腐烂似乎已经由来已久。紧接着她接连听到了两声"咕咚"，这次她听得更为清楚，她觉得这是冒出气泡来的声音。由此看来，肠子已经彻底腐烂了。她想象不出腐烂以后的颜色，但她却能揣摩出它们的形态。是很稠的液体在里面蠕动时冒出的气泡。接下去她甚至嗅到了腐烂的那种气息，这种气息正是从她口中溢出。不久之后她感到整个房间已经充满了这种腐烂气息，仿佛连房屋也在腐烂了。所以她才知道为什么不想吃东西。

她试着站起来，于是马上感到腹内的腐烂物往下沉去，她感到往大腿里沉了。她觉得吃东西实在是一桩危险的事情，因为她的腹腔不是一个无底洞。有朝一日将身体里全部的空隙填满了以后，那么她的身体就会胀破。那时候，她会像一颗炸弹似的爆炸了。她的皮肉被炸到墙壁上以后就像标语一样贴在上面，而她的已经断得差不多了的骨头则像一堆乱柴堆在地上。

她的脑袋可以想象如皮球一样在地上滚了起来，滚到墙角后就搁在那里不再动了。

　　所以她又眼泪汪汪了，她感到眼泪里也在散发着腐烂气息，而眼泪从脸颊上滚下去时，也比往常重得多。她朝门口走去时感到身体重得像沙袋。这时她看到山岗抱着皮皮走进来，山岗抱着皮皮就像抱着玩具，山岗没有走到她面前，他转弯进了自己的卧室。在山岗转弯的一瞬间，她看到了皮皮脑袋上的血迹，这是她这一天里第二次看到血迹，这次血迹没有上次那么明亮，这次血迹很阴沉。她现在感到自己要呕吐了。

　　山岗看着儿子像一块布一样飞起来，然后迅速地摔在了地上。接下去他什么也看不到了，他只觉得眼前杂草丛生，除此以外还有一口绿得发亮的井。

　　那时候山岗的妻子已经抬起头来了。她没看到儿子被山峰一脚踢起的情景，但是那一刻里她那痉挛的胃一下子舒展了。而她抬起头来所看到的，正是儿子挣扎后四肢舒展开来，像她的胃一样，这情景使她迷惑不解，她望着儿子发怔。儿子头部的血这时候慢慢流出来了，那血看去像红墨水。

　　然后她失声大叫一声："山岗。"同时转回身去，对着站在窗前的丈夫又叫了一声。可山岗一动不动，他眯着眼睛仿佛已经睡去。于是她重新转回身，对站在那里也一动不动的山峰说："我丈夫吓傻了。"然后她又对儿子说："你父亲吓傻了。"接着她自言自语："我该怎么办呢？"

　　杂草和井是在这时消失的，刚才的情景复又出现，山岗再一次看到儿子如一块布飘起来和掉下去。然后他看到妻子正站在那里望着自己，他心想："干吗这样望着我。"他看到山峰在东张西望，看到他后就若无其事地走来了，他那伤痕累累的妻子跟在后面，儿子没有爬起来，还躺在地上。他觉得应该去看一下儿子，于是他就走了出去。

山峰往屋中走去时，感到妻子跟在后面的脚步声让他心烦意乱，所以他就回头对她说："别跟着我。"然后他在门口和山岗相遇，他看到山岗向他微笑了一下，山岗的微笑捉摸不透。山岗从他身旁擦过，像是一股风闪过。他发现妻子还在身后，于是他就吼叫起来："别跟着我。"

山岗一直走到妻子面前，妻子怔怔地对他说："你吓傻了。"

他摇摇头说："没有。"然后他走到儿子身旁，他俯下身去，发现儿子的头部正在流血，他就用手指按住伤口，可是血依旧在流，从他手指上淌过，他摇摇头，心想没办法了。接着他伸开手掌挨近儿子的嘴，感觉到一点微微的气息，但是这气息正在减弱下去，不久之后就没了。他就移开手去找儿子的脉搏，没有找到。这时他看到有几只蚂蚁正朝这里爬来，他对蚂蚁不感兴趣。所以他站起，对妻子说："已经死了。"

妻子听后点点头，她说："我知道了。"随后她问："怎么办呢？"

"把他葬了吧。"山岗说。

妻子望望还站在屋门口的山峰，对山岗说："就这样？"

"还有什么？"山岗问。他感到山峰正望着自己，便朝山峰望去，但这时山峰已经转身走进去了。于是山岗像是想起来什么似的返身走到儿子身旁，把儿子抱了起来，他感到儿子很沉。然后他朝屋内走去。

他走进门后看到母亲从卧室走出来，他听到母亲说了一句什么话，但这时他已走入自己的卧室。他把儿子放在床上，又拉过来一条毯子盖上去。然后他转身对走进来的妻子说："你看，他睡着了。"

妻子这时又问："就这样算了？"

他莫名其妙地望着她，仿佛没明白妻子的话。

"你被吓傻了。"妻子说。

"没有。"他说。

"你是胆小鬼。"妻子又说。

"不是。"他继续争辩。

"那么你就出去。"

"上哪去？"

"去找山峰算账。"妻子咬牙切齿地说。他微微笑了起来，走到妻子身旁，拍拍她的肩膀说："你别生气。"

妻子则是冷冷一笑，她说："我没生气，我只是要你去找他。"

这时山峰出现在门口，山峰说："不用找了。"他手里拿着两把菜刀。他对山岗说："现在轮到我们了。"说着将一把菜刀递了过去。

山岗没去接，他只是望着山峰的脸，他感到山峰的脸色异常苍白。他就说："你的脸色太差了。"

"别说废话。"山峰说。

山岗看到妻子走上去接过了菜刀，然后又看到妻子把菜刀递过来。他就将双手插入裤袋，他说："我不需要。"

"你是胆小鬼。"妻子说。

"我不是。"

"那你就拿住菜刀。"

"我不需要。"

妻子朝他的脸看了很久，接着点点头表示知道了。她将菜刀送回山峰手中。"你听着。"她对他说，"我宁愿你死去，也不愿看你这样活着。"

他摇摇头，表示无可奈何。他又对山峰说："你的脸色太差了。"

山峰不再站下去，而是转身走进了厨房。从厨房里出来时他手里已没有菜刀。他朝站在墙角惊恐万分的妻子说："我们吃饭吧。"然后走到桌旁坐了下来。他妻子也走了过去。

山峰坐下来后没有立刻吃饭，他的眼睛仍然看着山岗。他看到山岗右手伸进口袋里摸着什么，那模样像是在找钥匙。然后山岗转身朝外面走去了。于是他开始吃饭。他将饭菜送入嘴中咀嚼时感到如同咀嚼泥土，而坐在身旁的妻子还在微微颤抖。所以他非常恼火，他说："抖什么。"说毕将那口饭咽了下去。然后他扭头对纹丝不动的妻子说："干吗不吃？"

"我不想吃。"妻子回答。

"不吃你就走开。"他越发恼火了。同时他又往嘴中送了一口饭。他听到妻子站起来走进了卧室,然后在一把椅子上坐了下来,是靠近墙角的一把椅子。于是他又咀嚼起来,这次使他感到恶心。但他还是将这口饭咽了下去。

他不再吃了,他已经吃得气喘吁吁了,额头的汗水也往下淌。他用手擦去汗珠,感到汗珠像冰粒。这时他看到山岗的妻子从卧室里走了出来。她在门口阴森森地站了一会后,朝他走来了。她走来时的模样使他感到像是飘出来的。她一直飘到他对面,然后又飘下去坐在了凳子上。接着用一种像身体一样飘动的目光看着他。这目光使他感到不堪忍受,于是他就对她说:"你滚开。"

她将胳膊肘搁在桌上,双手托住下巴仔细地将他观瞧。

"你给我滚开!"他吼了起来。

可是她却像是凝固了一般没有动。

于是他便将桌上所有的碗都摔在了地上,然后又站起来抓住凳子往地上狠狠摔去。

待这一阵杂响过去后,她轻轻说:"你为何不一脚踢死我?"

这使他暴跳如雷了。他走到她眼前,举起拳头对她叫道:"你想找死!"

山岗这时候回来了。他带了一大包东西回来,后面还跟着一条黄色的小狗。

看到山岗走了进来,山峰便收回拳头,他对山岗说:"你让她滚开。"

山岗将东西放在了桌上,然后走到妻子身旁对她说:"你回卧室去吧。"

她抬起头来，很奇怪地问："你为什么不揍他一拳？"

山岗将她扶起来，说："你应该去休息了。"

她开始朝卧室走去，走到门口她又站住了脚，回头对山岗说："你起码也得揍他一拳。"

山岗没有说话，他将桌上的东西打了开来，是一包肉骨头。这时他又听到妻子在说："你应该揍他一拳。"随后，他感到妻子已经进屋去了。

此刻山峰在另一只凳子上坐了下来，他往地上指了指，对山岗说："你收拾一下。"

山岗点点头，说："等一下吧。"

"我要你马上就收拾。"山峰怒气冲冲地说。

于是山岗就走进厨房，拿出簸箕和笤帚将地上的碎碗片收拾干净，又将散架了的凳子也从地上捡起，一起拿到院子里。当他走进来时，山峰指着那条此刻正在屋中转悠的狗问山岗："哪来的？"

"在街上碰上的。它一直跟着我，就跟到这里来了。"山岗说。

"把它赶出去。"山峰说。

"好吧。"山岗说着走到那条小狗近旁，俯下身把小狗招呼过来，一把抱起它后山岗就走入了卧室。他出来时随手将门关紧。然后问山峰："还有什么事吗？"

山峰没理睬他，也不再坐在那里，他站起来走入了自己的卧室。

那时妻子仍然坐在墙角，她的目光在摇篮里。她儿子仰躺在里面，无声无息像是睡去了一样。她的眼睛看着儿子的腹部，她感到儿子的腹部正在一起一伏，所以她觉得儿子正在呼吸。这时她听到了丈夫的脚步声。于是她就抬起了头。不知为何她的身体也站了起来。

"你站起来干什么？"山峰说着也往摇篮里看了一眼，儿子舒展四肢的形象让他感到有些张牙舞爪。因此他有些恶心，便往床上躺了下去。

这时他妻子又坐了下去。山峰感到很疲倦，他躺在床上将目光投到窗外。他觉得窗外的景色乱七八糟，同时又什么都没有。所以他就将目光收回，在屋内瞟来瞟去。于是他发现妻子还坐在墙角，仿佛已经坐了多年。这使他感到厌烦，他便坐起来说："你干吗总坐在那里？"

她吃惊地望着他，似乎不知道他刚才在说些什么。

他又说："你别坐在那里。"

她立刻站了起来，而站起来后该怎么办，她却没法知道。

于是他恼火了，他朝她吼道："你他妈的别坐在那里。"

她马上离开墙角，走到另一端的衣架旁。那里也有一把椅子，但她不敢坐下去。她小心翼翼地看看丈夫，丈夫没朝她看。这时山峰已经躺下了，而且似乎还闭上了眼睛。她犹豫了一下，才十分谨慎地坐了下去。可这时山峰又开口了，山峰说："你别看着我。"

她立刻将目光移开，她的目光在屋内颤抖不已，因为她担心稍不留心目光就会滑到床上去。后来她将目光固定在大衣柜的镜子上。因为角度关系，那镜子此刻看去像一条亮闪闪的光芒。她不敢去看摇篮，她怕目光会跳跃一下进入床里。可是随即她又听到了那个怒气冲冲的声音："别看着我。"

她霍地站起，这次她不再迟疑或者犹豫。因为她看到了那扇门，于是她就从那里走了出去。她来到外间时，看到山岗走进他们卧室的背影。那背影很结实，可只在门口一闪就消失了。她四下望了望，然后朝院子里走去。院子里的阳光使她头晕目眩。她觉得自己快站不住了，便在门前的台阶上坐下去。然后看起了那两摊血迹。她发现血迹在阳光下显得特别鲜艳，而且仿佛还在流动。

山岗没有洗那些肉骨头，他将它们放入了锅子以后，也不放作料就拿进厨房，往里面加了一点水后便放在煤气灶上烧起来。随后他从厨房走出来，走进了自己的卧室。

妻子正坐在床沿，坐在他儿子身旁，但她没看着儿子。她的目光和山岗刚才一样也在窗外。窗外有树叶，她的目光在某一片树叶上。

他走到床前，儿子的头朝右侧去，创口隐约可见。儿子已经不流血了，枕巾上只有一小摊血迹，那血迹像是印在上面的某种图案。他那么看了一会后，走过去把儿子的头摇向右侧，这样创口便隐蔽起来，那图案也隐蔽了起来，图案使他感到有些可惜。

那条小狗从床底下钻出来，跑到他脚上，玩弄起了他的裤管。他这时眼睛也看到窗外去，看着一片树叶，但不是妻子望着的那片树叶。"你为什么不揍他一拳？"他听到妻子这样说。妻子的声音像树叶一样在他近旁摇晃。

"我只要你揍他一拳。"她又说。

四

老太太将门锁上以后，就小心翼翼地重新爬到床上去。她将棉被压在枕头下面，这样她躺下去时上身就抬了起来。她这样做是为了提防腹内腐烂的肠子侵犯到胸口。她决定不再吃东西了，因为这样做实在太危险。她很明白自己体内已经没有多少空隙了。为了不使那腐烂的肠子像水一样在她体内涌来涌去，她躺下以后就不再动弹。现在她感到一点声音都没有，她对此很满意。她不再忧心忡忡，相反她因为自己的高明而很得意。她一直看着屋顶上的光线，从上午到傍晚，她看着光线如何扩张和如何收缩。现在对她来说只有光线还活着，别的全都死了。

翌日清晨，山峰从睡梦中醒来时感到头疼难忍，这疼痛使他觉得脑袋都要裂开了。所以他就坐起来，坐起来后疼痛似乎减轻了一些，但脑袋仍处在胀裂的危险中，他没法大意。于是他就下了床，走到五斗柜旁，从最上面的抽屉里找出一根白色的布条，然后绑在了脑袋上，他觉得安全多了。因此他就开始穿衣服。

穿衣服的时候，他看到了袖管上的黑纱，他便想起昨天下午山岗拿着黑纱走进门来。那时他还躺在床上。尽管头疼难忍，但他还是记得山岗很亲切地替他戴上了黑纱。他还记得自己当时怒气冲冲地向山岗吼叫，至于吼叫的内容他此刻已经忘了。再后来，山岗出去借了一辆劳动车，劳动车就停在院门外面。山岗抱着皮皮走出去他没看到，他只看到山岗走进来将他儿子从摇篮里抱了出去。他是在那个时候跟着出去的。然后他就跟着劳动车走了，他记得嫂嫂和妻子也跟着劳动车走了。那时候他刚刚感到头疼。他记得自己一路骂骂咧咧，但骂的都是阳光，那阳光都快使他站不住了。他在那条路上走了过去，又走了回来。路上似乎碰到很多熟人，但他一个都没有认真认出来。他们奇怪地围了上来，他们的说话声让他感到是一群麻雀在喳喳叫唤。他看到山岗在回答他们的问话。山岗那时候好像若无其事，但山岗那时候又很严肃。他们回来时已是傍晚了。那时候那两个孩子已经放进两只骨灰盒里了。他记得他很远就看到那个高耸入云的烟囱。然后走了很久，走过了一座桥，又走入了一个很大的院子，院子里满是青松翠柏。那时候刚好有一大群人哭哭啼啼走出来，他们哭哭啼啼走出来使他感到恶心。然后他站在一个大厅里了，大厅里只有他们四个人。因为只有四个人，所以那厅特别大，大得有点像广场。他在那里站了很久后，才听到一种非常熟悉的音乐，这音乐使他非常想睡觉。音乐过去之后他又不想睡了，这时山岗转过身来脸对着他，山岗说了几句话，他听懂了山岗的话，山岗是在说那两个孩子的事，他听到山岗在说："由于两桩不幸的事故。"他心里觉得很滑稽。很久以后，那时候天色已经黑下来了，他才回到现在的位置上。他在床上躺了下来，闭上眼睛以后觉得有很多蜜蜂飞到脑袋里来嗡嗡乱叫，而且整整叫了一个晚上。直到刚才醒来时才算消失，可他感到头痛难忍了。

现在他已经穿好了衣服，他正站到地上去时，看到山岗走了进来，于是他就重新坐在床上。他看到山岗亲切地朝自己微笑，山岗拖过来一把椅子也坐下，山岗和他挨得很近。

山岗起床以后先是走到厨房里。那时候两个女人已在里面忙早饭了。她们像往常一样默不作声，仿佛什么也没发生，或者说发生的一切已经十分遥远，远得已经走出了她们的记忆。山岗走进厨房是要揭开那锅盖，揭开以后他看到昨天的肉骨头已经烧煳了，一股香味洋溢而出。然后山岗满意地走出了厨房，那条小狗一直跟着他。昨天锅子里挣扎出来的香味使它叫个不停，它的叫声使山岗心里很踏实。现在它紧随在山岗后面，这又使山岗很放心。

山岗从厨房里出来以后就在餐桌旁坐了下来，他把狗放在膝盖上，对它说："待会儿就得请你帮忙了。"然后他眯起眼睛看着窗外，他在想是不是先让山峰吃了早饭。那条小狗在山岗腿上很安静。他那么想了一阵以后决定不让山峰吃早饭了。"早饭有什么意思。"他在心里对自己说。于是他就站起来，把狗放在地上，朝山峰的卧室走去，那条狗又跟在了后面。

山峰卧室的门虚掩着，山岗就推门而入，狗也跟了进去。他看到山峰神色疲倦地站在床前，头上绑着一根白布条。山峰看到他进来后就一屁股坐在了床上，那身体像是掉下去似的。山岗就拉过去一把椅子也坐下。在刚才推门而入的一瞬间，山岗就预感到接下去所有的一切都会非常顺利。那时他心里这样想："山峰完全垮了。"

他对山峰说："我把儿子交给你了，现在你拿谁来还？"

山峰怔怔地望了他很久，然后皱起眉头问：“你的意思是？”

“很简单，”山岗说，“把你妻子交给我。”

山峰这时想到自己儿子已死了，又想到皮皮也死了。他感到这两次死中间有某种东西。这种东西是什么他实在难以弄清，他实在太疲倦了。但是他知道这种东西联系着两个孩子的死去。

所以山峰说：“可是我的儿子也死了。”

“那是另一桩事。”山岗果断地说。

山峰糊涂了。他觉得儿子的死似乎是属于另一桩事，似乎是与皮皮的死无关。而皮皮，他想起来了，是他一脚踢死的。可他为何要这样做？这又使他一时无法弄清。他不愿再这样想下去，这样想下去只会使他更加头晕目眩。他觉得山岗刚才说过一句什么话，他便问：“你刚才说什么？”

“把你妻子交给我。”山岗回答。

山峰疲倦地将头靠在床栏上，他问：“你怎样处置她？”

“我想把她绑在那棵树下。”山岗用手指了指窗外那棵树，“就绑一小时。”

山峰扭回头去看了一下，他感到树叶在阳光里闪闪发亮，使他受不了。他立刻扭回头来，又问山岗：“以后呢？”

“没有以后了。”山岗说。

山峰说：“好吧。”他想点点头，可没力气。接着他又补充道：“还是绑我吧。”

山岗轻轻一笑，他知道结果会是这样，他问山峰：“是不是先吃了早饭？”

"不想吃。"山峰说。

"那么就抓紧时间。"山岗说着站了起来。山峰也跟着站起来，他站起来时感到身体沉重得像是里面灌满了泥沙。他对山岗说："我觉得自己快要死了。"山岗回过头来说："你说得很有道理。"

两人走出房间后，山岗就走进了自己的卧室，他出来时手里拿着两根麻绳，他递给山峰，同时问："你觉得合适吗？"

山峰接过来后觉得麻绳很重，他就说："好像太重了。"

"绑在你身上就不会重了。"山岗说。

"也许是吧。"现在山峰能够点点头了。

然后两人走到了院子里，院子里的阳光太灿烂，山峰觉得天旋地转。他对山岗说："我站不住了。"

山岗朝前面那棵树一指说："你就坐到树阴下面去。"

"可是我觉得太远。"山峰说。

"很近。才两三米远。"山岗说着扶住山峰，将他扶到树阴下。然后将山峰的身体往下一压，山峰便倒了下去。山峰倒下去后身体刚好靠在树干上。

"现在舒服多了。"他说。

"等一下你会更舒服。"

"是吗？"山峰吃力地仰起脑袋看着山岗。

"等一下你会哈哈乱笑。"山岗说。

山峰疲倦地笑了笑，他说："就让我坐着吧。"

"当然可以。"山岗回答。

接着山峰感到一根麻绳从他胸口绕了过去，然后是紧紧将他贴在树干上，他觉得呼吸都困难起来，他说："太紧了。"

"你马上就会习惯的。"山岗说着将他上身捆绑完毕。

山峰觉得自己被什么包了起来。他对山岗说："我好像穿了很多衣服。"

这时山岗已经进屋了。不一会他拿着一块木板和那只锅子出来，又来到了山峰身旁。那条小狗也跟了出来，在山峰身旁绕来绕去。

山峰对他说："你摸摸我的额头。"

山岗便伸手摸了一下。

"很烫吧？"山峰问。

"是的。"山岗回答，"有四十度。"

"肯定有。"山峰吃力地表示同意。

这时山岗蹲下身去，将木板垫在山峰双腿下面，然后用另一根麻绳将木板和山峰的腿一起绑了起来。

"你在干什么？"山峰问。

"给你按摩。"山岗回答。

山峰就说："你应该在太阳穴上按摩。"

"可以。"此刻山岗已将他的双腿捆结实了，便站起来用两个拇指在山峰太阳穴上按摩了几下，他问："怎么样？"

"舒服多了，再来几下吧。"

山岗就往前站了站，接下去他开始认认真真替山峰按摩了。

山峰感到山岗的拇指在他太阳穴上有趣地扭动着，他觉得很愉快，这时他看到前面水泥地上有两摊红红的什么东西。他问山岗："那是什么？"

山岗回答："是皮皮的血迹。"

"那另一摊呢？"他似乎想起来其中一摊血迹不是皮皮的。

"也是皮皮的。"山岗说。

他觉得自己也许弄错了，所以他不再说话。过了一会他又说："山岗，你知道吗？"

"知道什么？"

"其实昨天我很害怕，踢死皮皮以后我就很害怕了。"

"你不会害怕的。"山岗说。

"不。"山峰摇摇头，"我很害怕，最害怕的时候是递给你菜刀。"

山岗停止了按摩，用手亲切地拍拍他的脸说："你不会害怕的。"

山峰听后微微笑了起来，他说："你不肯相信我。"

这时山岗已经蹲下身去脱山峰的袜子。

"你在干什么？"山峰问他。

"替你脱袜子。"山岗回答。

"干吗要脱袜子？"

这次山岗没有回答。他将山峰的袜子脱掉后，就揭开锅盖，往山峰脚心上涂烧烂了的肉骨头。那条小狗此刻闻到香味马上跑了过来。

"你在涂些什么？"山峰又问。

"清凉油。"山岗说。

"又错了。"山峰笑笑说，"你应该涂在太阳穴上。"

"好吧。"山岗用手将小狗推开，然后伸进锅子里抓了两把像扔烂泥似的扔到山峰两侧的太阳穴上。接着又盖上了锅盖，山峰的脸便花里胡哨了。

"你现在像个花花公子。"山岗说。

山峰感到什么东西正缓慢地在脸上流淌。"好像不是清凉油。"他说。接着他伸伸腿，可是和木板绑在一起的腿没法弯曲。他就说："我实在太累了。"

"你睡一下吧。"山岗说，"现在是七点半，到八点半我放开你。"

这时候那两个女人几乎同时出现在门口。山岗看到她们怔怔地站着。接着他听到一声令人毛骨悚然的嗷叫，他看到弟媳扑了上来，他的衣服被扯住了。他听到她在喊叫："你要干什么？"于是他说："与你无关。"

她愣了一下，接着又叫："你放开他。"

山岗轻轻一笑，他说："那你得先放开我。"当她松开手以后，他就用力一推，将她推到一旁摔倒在地了。然后山岗朝妻子看去，妻子仍然站在那里，他就朝她笑了笑，于是他看到妻子也朝自己笑了笑。当他扭回头来时，那条小狗已向山峰的脚走去了。

山峰看到妻子从屋内扑了出来，他看到她身上像是装满电灯似的闪闪发亮，同时又像一条船似的摇摇晃晃。他似乎听到她在喊叫些什么，然后又看到山岗用手将她推倒在地。妻子摔倒时的模样很滑稽。接着他觉得脖子有些酸就微微扭回头来，于是他又看到刚才见过的那两摊血了。他看到两摊血相隔不远，都在阳光下闪闪烁烁，它们中间几滴血从各自的地方跑了出来，跑到一起了。这时候想起来了，他想起来另一摊血不是皮皮的，是他儿子的。他还想起来是皮皮将他儿子摔死的。于是他为何踢死皮皮的答案也找到了。他发现山岗是在欺骗他，所以他就对山岗叫了起来："你放开我！"可是山岗没有声音，他就再叫："你放开我。"

然而这时一股奇异的感觉从脚底慢慢升起，又往上面爬了过来，越爬越快，不一会就爬到胸口。他第三次喊叫还没出来，他就由不得自己将脑袋一缩，然后拼命地笑了起来。他要缩回腿，可腿没法弯曲，于是他只得将双腿上下摆动。身体尽管乱扭起来可一点也没有动。他的脑袋此刻摇得令人眼花缭乱。山峰的笑声像是两张铝片刮出来一样。

山岗这时的神色令人愉快，他对山峰说："你可真高兴啊。"随后他回头对妻子说："高兴得都有点让我妒忌了。"妻子没有望着他，她的眼睛正望着那条狗，小狗贪婪地用舌头舔着山峰赤裸的脚底。他发现妻子的神色和狗一样贪婪。接着他又去看弟媳，弟媳还坐在地上，她已经被山峰古怪的笑声弄糊涂了。她呆呆地望着狂笑的山峰，她因为莫名其妙都有点神志不清了。

现在山峰已经没有力气摆动双腿和摇晃脑袋了，他所有的力气都用在了脖子上，他脖子拉直了哈哈乱笑。狗舔脚底的奇痒使他笑得连呼吸的空隙都快没有了。

山岗一直亲切地看着他，现在山岗这样问他："什么事这么高兴？"

山峰回答他的是笑声，现在山峰的笑声里出现了打嗝。所以那笑声像一口一口从嘴中抖出来似的，每抖一口他都微微吸进一点氧气。那打嗝的声音有点像在操场里发出的哨子声，节奏鲜明嘹亮。

山岗于是又对站在门口的妻子说："这么高兴的人我从来没有见过。"而他妻子依然贪婪地看着小狗。他继续说："你高兴得连呼吸都不需要了。"然后他俯下身去问山峰："什么事这么高兴？"此刻的笑声不再节奏鲜明，开始杂乱无章了。他就挺起身对弟媳说："他不肯告诉我。"山峰的妻子仍坐在地上，她脸上的神色让人感到她在远处。

这时候那条小狗缩回了舌头，它弓起身体抖了几下，然后似乎是心安理得地坐了下来。它的眼睛一会望望那双脚，一会望望山岗。

山岗看到山峰的脑袋耷拉了下去，但山峰仍在呼吸。山岗便说："现在可以告诉我了，什么事这么高兴。"可是山峰没有反应，他在挣扎着呼吸，他似乎奄奄一息了。于是山岗又走到那只锅子旁，揭开盖子往里抓了一把，又涂在山峰的脚底。那条狗立刻扑了上去继续舔了。

山峰这次不再哈哈大笑，他耷拉着脑袋"呜呜"地笑着，那声音像是深更半夜刮进胡同里来的风声。声音越拉越长，都快没有间隙了。然而不久之后山峰的脑袋突然昂起，那笑声像是爆炸似的疯狂地响了起来。这笑声持续了近一分钟，随后戛然而止。山峰的脑袋猛然摔了下去，摔在胸前像是挂在了那里。而那条狗则依然满足地舔着他的脚底。

山岗走上前，伸手托住山峰的下巴，他感到山峰的脑袋特别沉重。他将那脑袋托起来，看到了一张扭曲的脸。他那么看了一会才松开手，于是山峰的脑袋跌落下去，又挂在了胸前。山岗看了看表，才过去四十分钟。于是他转过身，朝屋内走去。他在屋门口站住了脚，他听到妻子这样问他："死了吗？"

"死了。"他答。

进屋后他在餐桌旁坐了下来，早餐像仪仗队似的在桌上迎候他，依旧由米粥油条组成。这时妻子也走了进来。妻子一直看着他，但妻子没在他旁边坐下，也没说什么。她脸上的神色让人觉得什么都没有发生。她走进了卧室。

山岗通过敞开的门，望着坐在地上死去的山峰。山峰的模样像是在打瞌睡。此刻有一条黑黑的影子向山峰爬去，不一会弟媳出现在了他的视线中。他看到她在山峰旁边站了很久，然后才俯下身去。他想她是在和山峰说话。过了一会他看到她直起身体，随后像不知所措似的东张西望。后来她的目光从门口进来了，一直来到他脸上。她那么看了一会后朝他走来。她一直走到他身旁，她皱着眉头看着他，似乎是在看着一件叫她烦恼的事。而后她才说："你把我丈夫杀了。"

山岗感到她的声音和山峰的笑声一样刺耳，他没有回答。

"你把我丈夫杀害了。"她又说。

"没有。"山岗这次回答了。

"你杀害了我的丈夫。"她咬牙切齿地说道。

"没有，"山岗说，"我只是把他绑上，并没有杀他。"

"是你！"她突然神经质地大叫一声。

山岗继续说："不是我，是那条狗。"

"我要去告你。"她开始流泪了。

"你那是诬告。"山岗说，"而且诬告有罪。"说完他轻轻一笑。

她似乎有些不知所措，她迷惑地望着山岗，很久后她才轻轻说："我要去告你。"然后她转身朝门外走去。

山岗看着她一步一步出去。她在山峰旁边站了一会，然后她抬起手去擦眼睛。山岗心想：她现在哭得像样一点了。接着她就走出了院门。

山岗的妻子这时从卧室走了出来。她手里提着一个塞得鼓鼓的黑包。她将黑包放在桌上，对山岗说："你的换洗衣服和所有的现钱都放在里面了。"

山岗似乎不明白她的意思，他望着她有些发怔。

因此她又说："你该逃走了。"

山岗这才点点头。接着他又看了看手表，八点半还差一分钟。于是他就说："再坐一分钟吧。"说完他继续望着坐在树下的山峰，山峰的模样仍然像是在打瞌睡。同时他感到妻子在他对面坐了下来。

他站起来时没有看表，他只是觉得差不多过去了一分钟。他走到了院子里。那时候那条小狗已将山峰的脚底舔干净了，它正在舔着山峰的太阳穴。山岗走到近旁用脚轻轻踢开小狗，随后蹲下去解开绑在山峰腿上的绳子，接着又解开了绑在他身上的绳子。此后他站起来往外走去。没走几步他听到身后有一声沉重的声响，他回头看到山峰的身体已经倒在了地上。于是他就走回去将山峰扶起来，仍然把他靠在树上。然后他才走出院门。

他走在那条胡同里。胡同里十分阴沉，像是要下雨了。可他抬起头来看到了灿烂的阳光。他觉得很奇怪。他一直往前走，他感到身旁有人在走来走去，那些人像是转得很慢的电扇叶子一样，在他身旁一闪一闪。

在走到那家渔行时，他站住了脚。里面有几个人在抽烟聊天。他对他们说："这腥味受不了。"可是他们谁也没有理睬他，所以他又说了一遍。这次里面有人开口了，那人说："那你还站着干什么？"他听后依旧站着不走开。于是他们都笑了起来。他皱皱眉，又说："这腥味受不了。"说完还是站了一会。然后他感到有些无聊，便继续往前走了。

来到胡同口他开始犹豫不决，他没法决定往哪个方向走。那条大街就躺在眼前，街上乱七八糟。他看到人和自行车以及汽车手扶拖拉机还有手推车挤在一起像是买电影票一样乱哄哄。后来他看到一个鞋匠坐在一根电线杆下面在修鞋，于是他就走了过去。他默默地看了一阵后，就抬起自己脚上的皮鞋问鞋匠那皮质如何。鞋匠只是瞟了一眼就回答："一般。"这个回答显然没使他满意，所以他就告诉鞋匠那可是牛皮，可是鞋匠却告诉他那不是牛皮，不过是打光了的猪皮。这话使他大失所望，因此他便走开了。

他现在正往西走去。他走在人行道上，他对街上的自行车汽车什么的感到害怕。就是走在人行道上他也是小心翼翼，免得被人撞倒在地，像山峰一样再也爬不起来。走了没多久，他走到了一厕所旁，这时候他想小便了，便走了过去。里面有几个人站在小便池旁正痛痛快快地撒尿，他也挤了过去，将那玩意儿揪出来对准小便池。他那么站了很久，可他听到的都是别人小便的声音，他不知为何居然尿不出来。他两旁的人在不停地更换着，可他还那么站着。随后他才发现了什么，他对自己说："原来我不是来撒尿的。"然后他就走了出去，依然走在人行道上。但他忘了将那玩意儿放进去，所以那玩意儿露在外面，随着他走路的节奏正一颤一颤，十分得意。他一直那么走着。起先居然没人发现。后来走到影剧院旁时，才被几个迎面走来的年轻人看到了。他看到前面走来的几个年轻人突然像虾一样弯下了腰，接着又像山峰一样哈哈乱笑起来。他从他们中间走过去后，听到他们用一种断断续续又十分滑稽的声音在喊："快来看。"但他没在意，他继续往前走。然而他随即发现所有的人都在顷刻之间变了模样，都前仰后合或者东倒西歪了。一些女人像是遇上强盗一样避得远远的。他心里觉得很滑稽，于是就笑了起来。

　　他一直那么走着，后来他在一幢尚未竣工的建筑物前站住了脚，他朝这幢建筑物打量了好一阵，接着就走了进去。他感到里面很潮湿，但他很满意这个地方。里面有很多房间，都还没有装门。他挨个将这些房间审视一遍，随后决定走入其中一间。那是比较阴暗的一间。他走进去后就找了个角落坐了下来。他将身体靠在墙上，此刻他觉得可以心安理得地休息一下，因为他实在太疲倦。所以他闭上眼睛后马上就睡着了。

三小时以后他被人推醒，他看到几个武警站在他面前，其中一个人对他说："请你把那东西放进去。"

五

一个月以后，山岗被押上了一辆卡车，一伙荷枪的武警像是保护似的站在他周围。他看到四周的人像麻雀一样汇集过来，他们仰起脑袋看着他。而他则低下头去看他们，他感到他们的脸是画出来似的。这时前面那辆警车发出了西北风一样的呼叫后往前开了，可卡车只是放屁似的响了几声竟然不动了。那时候山岗心里已经明白。自从他在那幢建筑里被人叫醒后，他就在等着这一刻来到。现在终于来了。于是他就转过脸去对一个武警说："班长，请手脚干净点。"

那武警的眼睛看着前方，没去答理山岗。因此山岗将脸转向另一边，对另一个武警说："班长，求你一枪结束我吧。"这个武警也一样无动于衷。

山岗看到很多自行车像水一样往前面流去了。这时候卡车抖动了几下，然后他感到风呼呼地刮在他的两只耳朵上，而前面密集的自行车井然有序地闪向两旁。路旁伸出来的树叶有几次像巴掌一样打在他脸上。不久之后那一块杂草丛生的绿地出现在了他的视线中，他知道自己马上就要站在这块绿地的中央。和绿地同时出现的是那杂草丛生一般的人群。他还看到一辆救护车，救护车停在绿地附近。公路两旁已经挤满自行车了，自行车在那里东倒西歪。他感到救护车为他而来。他觉得他们也许要一枪把他打个半死之后，再用救护车送他去医院救活他。这样想着的时候，卡车又抖动了一下，他的胸肋狠狠地撞在车栏上，但他居然不疼。随后他感到有人把他拉了过去，于是他就转过身来。他看到几个武警跳下了卡车，他也被推着跳了下去。他跳下去跪在了地上，随后又被拖起。他感到自己被簇拥着朝前走去，他觉得自己被五花大绑的上身正在失去知觉。而他的双腿却莫名其妙地在摆动。他似乎看到很多东西，又似乎眼前什么也没有。在他朝前走去时，他开始神情恍惚起来。不一会他被几只手抓住，他没法往前再走，于是他就站在那里。

他站在那里似乎有些莫名其妙。脚下长长的杂草伸进了他的裤管，于是他有了痒的感觉。他便低下头去看了看，可是他什么都没有看到。他只得把头重新抬起来，脸上出现了滑稽的笑容。慢慢地他开始听到嘈杂的人声，这声音使他发现四周像茅草一样遍地的人群。于是他如梦初醒般重又知道了自己的处境。他知道不一会就要脑袋开花了。

现在他想起来了，想起先前他常来这里。几乎每一次枪毙犯人他都挤在前排观瞧。可是站在这个位置上倒是第一次，所以现在的处境使他感到十分新奇。他用眼睛寻找他以前常站的位置，但是他竟然找不到了。而这时候他又突然想小便，他就对身旁的武警说："班长，我要尿尿了。"

"可以。"武警回答。

"请你替我把那东西拿出来。"他又说。

"就尿在裤子里吧。"武警说。

他感到四周的人在嬉皮笑脸，他不知道他们为何高兴成这样。他微微叉开双腿，开始愁眉苦脸起来。

过了一会武警问："好了没有？"

"尿不出来。"他痛苦地说。

"那就算了。"武警说。

他点点头表示同意。接着他开始朝远处眺望。他的目光从矮个的头上飘了过去，又从高个的耳沿上滑过，然后他看到了那条像静脉一样的柏油公路。这时他感到腿弯里被人蹬了一脚，他双腿一软跪在了地上。他没法看到那条静脉颜色的公路了。

一个武警在他身后举起了自动步枪，举起以后开始瞄准。接着"砰"地响了一声。

山岗的身体随着这一枪竟然翻了个筋斗，然后他惊恐万分地站起来，他朝四周的人问："我死了没有？"

没有人回答他，所有的人都在哈哈大笑，那笑声像雷阵雨一样向他倾泻而来。于是他就惊慌失措哇哇大哭起来，因为他不知道自己是死是活。他的耳朵被打掉了，血正畅流而出。他又问："我死了没有？"

这次有人回答他了，说："你还没死。"

山岗又惊又喜，他拼命地叫道："快送我去医院。"随后他感到腿弯里又挨了一脚，他又跪在了地上。他还没明白过来，第二枪又出现了。

第二枪打进了山岗的后脑勺，这次山岗没翻筋斗，而是脑袋沉重地撞在了地上，脑袋将他的屁股高高支起。他仍然没有死，他的屁股像是受寒似的抖个不停。

那武警上前走了一步，将枪口贴在山岗的脑袋上，打出了第三枪，像是有人往山岗腹部踢了一脚，山岗一翻身仰躺在地了。他被绑着的双手压在下面，他的双腿则弯曲了起来，随后一松也躺在了地上。

六

这天早晨山岗的妻子看到一个人走了进来，这人只有半个脑袋。那时刚刚进入黎明。她记得自己将门锁得很好，可他进来时却让她感到门是敞开的。尽管他只有半个脑袋，但她还是一眼认出他就是山岗。

"我被释放了。"山岗说。

他的声音嗡嗡的，于是她就问："你感冒了？"

"也许是吧。"他回答。

她想起抽屉里有速效感冒胶囊，她就问他是否需要。

他摇摇头，说他没有感冒，他身体很好，只是半个脑袋没有了。

她问他那半个脑袋是不是让一颗子弹打掉的。他回答说记不起来了。然后他就在一把椅子里坐了下来。坐下后他说饿了，要她给一点零钱买早点吃。她就拿了半斤粮票和一元钱给他。他接过钱以后便站起来走了。他走出去时没有随手关门，于是她就去关门，可发现门关得很严实。她并没有感到惊奇，她脱掉衣服上床去睡觉了。

那个时候胡同里响起了单纯的脚步声，是一个人在往胡同口走去。她是在这个时候醒过来的，这时候黎明刚刚来临，她看到房间里正在明亮起来。四周很静，因此她清楚地听着那声音似乎是从她梦里走出去的脚步声。她觉得这脚步声似乎是从她梦里走出去的，然后又走出了这所房子，现在快要走出胡同了。

她开始穿衣服，脚步声是她穿好衣服时消失的。于是她走到窗前，拉开窗帘后阳光便涌进来，阳光这时候还是鲜红的。不久以后就会变成肝炎那种黄色。她叠好被子后就坐在梳妆台前，她看看镜中自己的脸，她感到索然无味。因此她站起身走出了卧室。在外间她看到山峰的妻子已在那里吃早饭了。于是她就走进厨房准备自己的早饭。她点燃煤气灶后，就站在一旁刷牙洗脸。

五分钟以后，她端着自己的早饭走了出来，在弟媳对面坐下，然后默不作声地吃了起来。那时候弟媳却站起身走入厨房，她吃完了。她听到弟媳在厨房里洗碗时发出很响的声音。不一会弟媳就走出来了，走进了卧室。然后又从卧室里走出，锁上门以后她就往外走了。

她继续吃着早饭，吃得很艰难，她一点胃口也没有。她眼睛便望着窗外那棵树上，那棵树此刻看去像是塑料制成的。她一直看着。后来她想起了什么，她将目光收回来在屋内打量起来。她想起已有很多日子没有见到婆婆了。她的目光停留在婆婆卧室的门上。但是不久之后她就将目光移开，继续又看门外那棵树。

在山峰死去的第六天早晨，老太太也溘然长逝。那天早晨她醒来时感到一阵异样的兴奋。她甚至能够感到那种兴奋如何在她体内流动。而同时她又感到自己的身体正在局部地死去。她明显地觉得脚指头是最先死去的，然后是整双脚，接着又伸延到腿上。她感到脚的死去像冰雪一样无声无息。死亡在她腹部逗留了片刻，以后就像潮水一样涌过了腰际，涌过腰际后死亡就肆无忌惮地蔓延开来。这时她感到双手离她远去了，脑袋仿佛正被一条小狗一口一口咬去。最后只剩下心脏了，可死亡已经包围了心脏，像是无数蚂蚁似的从四周爬向心脏。她觉得心脏有些痒滋滋的。这时她睁开的眼睛看到有无数光芒透过窗帘向她奔涌过来，她不禁微微一笑，于是这笑容像是相片一样固定了下来。

山峰的妻子显然知道这天早晨发生了一些什么，所以她很早就起床了。现在她已经走出了胡同，她走在大街上。这时候阳光开始黄起来了。她很明白自己该去什么地方。她朝天宁寺走去，因为在天宁寺的旁边就是拘留所。这天早晨山岗被人从里面押出来。

她在街上走着的时候，就听到有人在议论山岗。而且很多人显然和她一样往那里走去。这镇上已有一年多时间没枪毙人了，今天这日子便显得与众不同。

一个月以来，她常去法院询问山岗的案子，她自称是山岗的妻子（尽管一个月前她作为原告的身份是山峰的妻子，但是谁也没有注意到这一点）。直到前天他们才告诉她今天这种结果。她很满意，她告诉他们，她愿将山岗的尸体献给国家。法院的人听了这话并不兴高采烈，但他们表示接受。她知道医生们会兴高采烈的。她在街上走着的时候，脑子里已经开始想象着医生们如何瓜分山岗，因此她的嘴角始终挂着微笑。

七

在这间即将拆除的房屋中央，一只一千瓦的电灯悬挂着。此刻灯亮着，光芒辉煌四射。电灯下面是两张乒乓桌，已经破旧。乒乓桌下面是泥地。几个来自上海和杭州的医生此时站在门口聊天，他们在等着那辆救护车来到。那时候他们就有事可干了。

现在他们显得悠闲自在。在不远处有一口池塘，池塘水面上漂着水草，而池塘四周则杨柳环绕。池塘旁边是一片金黄灿烂的菜花地。在这种地方聊天自然悠闲自在。

救护车此刻在那条泥路上驶来了，车子后面扬起了如帐篷一般的灰尘。救护车一直驰到医生们身旁才停车。于是医生们就转过脸去看了看。车后门打开后，一个人跳了下来，那人跳下来后立刻转身从车内拖出了两条腿，接着身体也出现了。另一个人抓住山岗的两条胳膊也跳下了车。这两人像是提着麻袋一样提着山岗进屋了。

医生们则继续站在门口聊天，他们仿佛对山岗不感兴趣，他们感兴趣的是刚才的话题，刚才的话题是有关物价。进去的两个人这时走了出来。这两人常去镇上医院卖血。现在他们还不能走，他们还有事要干，待会儿他们还要挖个坑把山岗扔进去埋掉。那时的山岗由一些脂肪和肌肉以及头发牙齿这一类医生不要的东西组成。所以他们走到池塘旁坐了下来。他们对今天的差使很满意，因为不久之后他们就会从某一个人手中接过钱来，然后放入自己的口袋。

医生们又在门口站了一会，然后才一个一个走了进去，走到各自带来的大包旁。他们开始换衣服了，换上手术服，戴上手术帽和口罩，最后戴上了手术手套。接着开始整理各自的手术器械。

山岗此刻仰躺在乒乓桌上，他的衣服已被刚才那两个人剥去。他赤裸裸的身体在一千瓦的灯光下像是涂上了油彩，闪闪烁烁。

首先准备完毕的一个男医生走了过去，他没带手术器械，他是来取山岗的骨骼的，他要等别人将山岗的皮剥去，将山岗的身体掏空后，才上去取骨骼。所以他走过去时显得漫不经心。他打量了一下山岗，然后伸手去捏捏山岗的胳膊和小腿，接着转回身对同行们说："他很结实。"

来自上海的那个三十来岁的女医生穿着高跟鞋第二个朝山岗走去。因为下面的泥地凹凸不平，她走过去时臀部扭得有些夸张。她走到山岗的右侧。她没有捏他的胳膊，而是用手摸了摸山岗的皮肤，她转过头对那男医生说："不错。"

然后她拿起解剖刀，从山岗颈下的胸骨上凹一刀切进去，然后往下切一直切到腹下。这一刀切得笔直，使得站在一旁的男医生赞叹不已。于是她就说："我在中学学几何时从不用尺画线。"

那长长的切口像是瓜一样裂了开来，里面的脂肪便炫耀出了金黄的色彩，脂肪里均匀地分布着小红点。接着她拿起像宝剑一样的尸体解剖刀从切口插入皮下，用力地上下游离起来。不一会山岗胸腹的皮肤已经脱离了身体像是一块布一样盖在上面。她又拿起解剖刀去取山岗两条胳膊的皮了。她从肩峰下刀一直切到手背。随后去切腿，从腹下髂前上棘向下切到脚背。切完后再用尸体解剖刀插入切口上下游离。游离完毕她休息了片刻。然后对身旁的男医生说："请把他翻过来。"那男医生便将山岗翻了个身。于是她又在山岗的背上划了一条直线，再用尸体解剖刀游离。此刻山岗的形象好似从头到脚披着几块布条一样。她放下尸体解剖刀，拿起解剖刀切断皮肤的联结，于是山岗的皮肤被她像捡破烂似的一块一块捡了起来。背面的皮肤取下后，又将山岗重新翻过来，不一会山岗正面的皮肤也荡然无存。

失去了皮肤的包围，那些金黄的脂肪便松散开来。首先是像棉花一样微微鼓起，接着开始流动了，像是泥浆一样四散开去。于是医生们仿佛看到了刚才在门口所见的阳光下的菜花地。

女医生抱着山岗的皮肤走到乒乓桌的一角，将皮一张一张摊开刮了起来，她用尸体解剖刀像是刷衣服似的刮着皮肤上的脂肪组织，发出的声音如同车轮陷在沙子里无可奈何地叫唤。

几天以后山岗的皮肤便覆盖在一个大面积烧伤了的患者身上，可是才过三天就液化坏死，于是山岗的皮肤就被扔进了污物桶，后又被倒入那家医院的厕所。

这时站在一旁的几个医生全上去了。没在右边挤上位置的两个人走到了左侧，可在左侧够不到，于是这两人就爬到乒乓桌上去，蹲在桌上瓜分山岗，那个胸外科医生在山岗胸肋交间处两边切断软骨，将左右胸膛打开，于是肺便暴露出来，而在腹部的医生只是刮除了脂肪组织和切除肌肉后，他们需要的胃、肝、肾脏便历历在目了。眼科医生此刻已经取出了山岗一只眼球。口腔科医生用手术剪刀将山岗的脸和嘴剪得稀烂后，上颌骨和下颌骨全部出现。但是他发现上颌骨被一颗子弹打坏了。这使他沮丧不已，他便嘟哝了一句："为什么不把眼睛打坏。"子弹只要稍稍偏上，上颌骨就会安然无恙，但是眼睛要倒霉了。正在取山岗第二只眼球的医生听了这话不禁微微一笑，他告诉口腔科医生那执刑的武警也许是某一个眼科医生的儿子。他此刻显得非常得意。当他取出第二只眼球离开时，看到口腔科医生正用手术锯子卖力地锯着下颌骨，于是他就对他说："木匠，再见了。"眼科医生第一个离开，他要在当天下午赶回杭州，并在当天晚上给一个患者进行角膜移植。这时那女医生也将皮肤刮净了。她把皮肤像衣服一样叠起来后，也离开了。

胸外科医生已将肺取出来了，接下去他非常舒畅地切断了山岗的肺动脉和肺静脉，又切断了心脏主动脉，以及所有从心脏里出来的血管和神经。他切着的时候感到十分痛快。因为给活人动手术时他得小心翼翼地避开它们，给活人动手术他感到压抑。现在他大手大脚地干，干得兴高采烈。他对身旁的医生说："我觉得自己是在挥霍。"这话使旁边的医生感到妙不可言。

那个泌尿科医生因为没挤上位置所以在旁边转悠，他的口罩有个"尿"字。尿医生看着他们在乒乓桌上穷折腾，不禁忧心忡忡起来，他一遍一遍地告诫在山岗腹部折腾的医生，他说："你们可别把我的睾丸搞坏了。"

山岗的胸腔首先被掏空了，接着腹腔也掏空了。一年之后在某地某一个人体知识展览上，山岗的胃和肝以及肺分别浸在福尔马林中供人观赏。他的心脏和肾脏都被作了移植。心脏移植没有成功，那患者死在手术台上。肾脏移植却极为成功，患者已经活了一年多了，看样子还能再凑合着活下去。但是患者却牢骚满腹，他抱怨移植肾脏太贵，因为他已经花了三万元钱了。

现在屋子里只剩下三个医生了。尿医生发现他的睾丸完好无损后，就心安理得地将睾丸切除下来。口腔科医生还在锯下颌骨，但他也已经胜利在望。那个取骨骼的医生则仍在一旁转悠，于是尿医生就提醒他："你可以开始了。"但他却说："不急。"

口腔科医生和泌尿科医生是同时出去的，他们手里各自拿着下颌骨和睾丸。他们接下去要干的也一样都是移植。口腔科医生将一个活人的下颌骨锯下来，再把山岗的下颌骨装进去。对这种移植他具有绝对的信心。山岗身上最得意的应该是睾丸了。尿医生将他的睾丸移植在一个因车祸而睾丸被碾碎的年轻人身上。不久之后年轻人居然结婚了，而且他妻子立刻就怀孕，十个月后生下一个十分壮实的儿子。这一点山峰的妻子万万没有想到，因为是她成全了山岗，山岗后继有人了。

他等到他们拿着下颌骨和睾丸出去后，他才开始动手。他先从山岗的脚下手，从那里开始一点一点切除骨骼上的肌肉与筋膜组织。他将切除物整齐地堆在一旁。他的工作是缓慢的，但他有足够的耐心去对付。当他的工作发展到大腿时，他捏捏山岗腿上粗鲁的肌肉对山岗说："尽管你很结实，但我把你的骨骼放在我们教研室时，你就会显得弱不禁风。"

一九八七年九月二十九日

河边的错误

第一章

一

住在老邮政弄的幺四婆婆，在这一天下午将要过去、傍晚就要来临的时候发现自己养的一群鹅不知去向。她是准备去给鹅喂食时发现的。那关得很严实的篱笆门，此刻像是夏天的窗户一样敞开了。她心想它们准是到河边去了。于是她就锁上房门，向河边走去，走时顺手从门后拿了一根竹竿。

那是初秋时节，户外的空气流动时很欢畅，秋风吹动着街道两旁的树叶，发出"沙沙"那种下雨似的声音。落日尚未西沉，天空像火烧般通红。

幺四婆婆远远就看到了那一群鹅，鹅在清静的河面上像船一样浮来浮去，另一些鹅在河岸草丛里或卧或缓缓走动。幺四婆婆走到它们近旁时，它们毫无反应，一如刚才。本来她是准备将它们赶回去的，可这时又改变了主意。她便在它们中间站住，双手支撑着那根竹竿，像支撑着一根拐杖，她眯起眼睛如看孩子似的看起了这些白色的鹅。

　　看了一会，幺四婆婆觉得时候不早了，该将它们赶到篱笆里去。于是她上前了几步，站在河边，嘴里"嗷嗷"地呼唤起来。在她的呼唤下，草丛中的鹅都纷纷一挪一挪地朝她跑来，而河里的鹅则开始慢慢地游向岸边，然后一只一只地爬到岸上，纷纷张开翅膀抖了起来。接着有一只鹅向幺四婆婆跑了过去，于是所有的鹅都张开翅膀跑了起来。

　　幺四婆婆嘴里仍然"嗷嗷"地叫着，因为有一只鹅仍在河里。那是一只小鹅，它仿佛没有听到她的呼唤，依旧在水面上静悄悄地移动着，而且时时突然一个猛扎，扎后又没事一般继续游着，远远望去，优美无比，似乎那不是鹅，而是天空里一只飘动的风筝在河里的倒影。

　　幺四婆婆的呼唤尽管十分亲切，可显然已经徒劳了，于是她开始"嘘嘘"地叫了起来，同时手里的竹竿也挥动了，聚集在她身旁的那些鹅立刻散了开去。她慢慢移动脚步，将鹅群重又赶入河中。

　　当看到那群被赶下去的鹅已将那只调皮的小鹅围在中间后，她重又"嗷嗷"地呼唤起来。听到了幺四婆婆的呼唤，河里所有的鹅立刻都朝岸边游来。那情景真像是雪花纷纷朝窗口飘来似的。

这时幺四婆婆感到身后有脚步走来的声音。当她感觉到声音时，那人其实已经站在她身后了，于是她回过头来张望……

他觉得前面那个人的背影有些熟悉，但一时又想不起究竟是谁。于是他就心里猜想着那人是谁而慢慢地沿着小河走。他知道这人肯定不是他最熟悉的人，但这人他似乎又常常见到。因为在这个只有几千人的小镇里，没有不似曾相识的脸。这时他看到前面那人回头望了他一下，随即又快速地扭了回去。接着他感到那人越走越快，并且似乎跑了起来。然后他看不到那人了。

他是在这个时候看到那一群鹅的，于是他就兴致勃勃地走了过去。但是当他走到鹅中间时，不由大惊失色……

初秋时节依然是日长夜短。此刻落日已经西沉，但天色尚未灰暗。她在河边走着。

她很远就看到了那一群卧在草丛里的鹅，但她没看到往常常见到的幺四婆婆。她漫不经心地走了过去。走到近旁时那群鹅纷纷朝她奔来，有几只鹅伸着长长的脖颈，围上去像是要啄她似的，她慌忙转过身准备跑。

当她转过身去时不由发出了一声惊叫，同时呆呆地站了好一会，然后她没命地奔跑了起来。没跑出多远她就摔在地上，于是她惊慌地哭了起来。哭了一阵后，她才朝四周望去，四周空无一人，她就爬起来继续跑。她感到两腿发软，怎么跑也跑不快，当跑到街上时，她又摔倒了。

这时一个刚与她擦身而过的年轻人停下脚步，惊诧地望着她，她坐在地上爬不起来，只能惊恐地望着他。他犹豫了一下，然后才走上去将她扶起来，同时问："你怎么啦？"

她站起来后用手推开了他，嘴巴张了张，没有声音，便用手指了指小河那个方向。

年轻人惊讶地朝她指的那个方向看去，什么也没有看到。而当他重新回过头来时，她已经慢慢地走了。他朝她的背影看了一下，才莫名其妙地笑笑，继续走自己的路。

那孩子窝囊地在街上走来走去，刚才他也到河边去了。当他一路不停地跑到家中将看到的那些告诉父亲时，父亲却挥手给了他一个耳光，怒喝道："不许胡说。"那时父亲正在打麻将，他看到父亲的朋友都朝着他嘻嘻地笑。于是他就走到角落里，搬了一把椅子在暗处坐了下来。这时母亲提着水壶走来，他忙伸出手去拉住她的衣角，母亲回头望了他一下，他就告诉她了。不料她脸色一沉，说道："别乱说。"孩子不由悲伤起来。他独自一人坐了好一会后，便来到了外面。

这时天已经黑了，弄里的路灯闪闪烁烁，静无一人。只有孩子在走来走去，因为心里有事，可又没人来听他叙述，他急躁万分，似乎快要流下眼泪了。

就在这个时候，他看到有几个年轻人走了过来。他立刻跑上去，大声告诉了他们。他看到他们先是一怔，随即都哈哈大笑起来。有一个人还拍拍他的脑袋说："你真会开玩笑。"然后他们就头也不回地走了。

孩子望着他们的背影，心想，他们谁也不相信我。

孩子慢慢地走到了大街上，大街上有很多人在来来往往。商店里的灯光从门窗涌出，铺在街上十分明亮。孩子在人行道上的一棵梧桐树旁站了下来。他看到很多人从他面前走过，他很想告诉他们，但他很犹豫。他觉得他们不会相信他的。因为他是个孩子。他为自己是个孩子而忧伤了起来。

后来他看到有几个比他稍大一点的孩子正站在街对面时，他才兴奋起来，立刻走了过去。他对他们说："河边有颗人头。"

他看到他们都呆住了，便又补充了一句："真的，河边有颗人头。"

他们互相望着，然后才有人问："在什么地方？"

"在河边。"他说。

随即他们中间就有人说："你领我们去看看。"

他认真地点点头，因为他的话被别人相信了，所以他显得很激动。

二

刑警队长马哲是在凌晨两点零六分的时候，被在刑警队值班的小李叫醒的。他的妻子也惊醒过来，睁着眼睛看丈夫穿好衣服，然后又听到丈夫出去时关门的声音。她那么呆呆地躺了一会后，才熄了电灯。

马哲来到局里时，局长刚到。然后他们一行六人坐着局里的小汽艇往案发地点驶去。从县城到那个小镇还没有公路，只有一条河流将它们贯穿起来。

他们来到作案现场时，东方开始微微有些发白，河面闪烁出了点点弱光，两旁的树木隐隐约约。

有几个人拿着手电在那里走来走去，手电的光芒在河面上一道一道地挥舞着。看到有人走来，他们几个人全迎了上去。

马哲他们走到近旁，看到不远处有一个刚刚用土堆成的坟堆。坟堆上有一颗人头。因为天未亮，那人头看上去十分模糊，像是一块毛糙的石头。

马哲伸手拿过身旁那人手中的手电，向那颗人头照去。那是一颗女人的人头，头发披落下来几乎遮住了整个脸部，只有眼睛和嘴若隐若现。

现场保护得很好。马哲拿着手电在附近仔细照了起来。他发现附近的青草被很多双脚踩倒了，于是他马上想象出曾有一大群人来此围观时的情景，各种姿态和各种声音。

这当儿小李拿着照相机从几个不同的角度拍下了现场，然后法医和另两个人走了上去，他们将人头取下，接着去挖坟堆，没一会一具无头女尸便显露了出来。

马哲依旧地在近旁转悠。他的脚突然踩住了一种软绵绵的东西。他还没定睛观瞧，就听到脚下响起了几声鹅的叫声，紧接着一大群鹅纷纷叫唤了起来，然后乱哄哄地挤成一团，又四散开去。这时天色开始明亮起来了。

局长走来，于是两人便朝河边慢慢地走过去。

"罪犯作案后竟会如此布置现场！"马哲感到不可思议。

局长望着潺潺流动的河水，说："你们就留下来吧。"

马哲扭过头去看那群鹅，此刻它们安静下来了，在草丛里走来走去。

"有什么要求吗？"局长问。

马哲皱一下眉，然后说："暂时没有。"

"那就这样，我们每天联系一次。"

法医的验尸报告是在这天下午出来的。罪犯是用柴刀突然劈向受害者颈后部。从创口看，罪犯将受害者劈倒在地后，又用柴刀劈了三十来下，才将死者的头劈下来。死者是住在老邮政弄的幺四婆婆。

小李在一旁插嘴："这镇上几乎每户人家都有那种柴刀。"

现场没有留下罪犯任何作案时的痕迹。在某种意义上，现场已被那众多的脚印所破坏。

马哲是在这天上午见到那个孩子的。

"所有的人都不相信我。"那孩子得意洋洋地对马哲说，"父亲还打了我一个耳光，说'不许胡说'。"

"你是什么时候发现的？"马哲问。

"所有的大人都不相信我。"孩子继续在说，"因此我只能告诉和我差不多大的孩子了，他们相信我。"孩子说到这里还装模作样地叹了口气，"本来我是想先告诉大人的。"

"你是在什么时候发现的？"马哲问。

这时孩子才认真对待马哲的问话了。他装出一副回忆的样子，装了很久才说："我没有手表。"

马哲不禁微笑了。"大致上是什么时候？比如说天是不是黑了，或者天还亮着？"

"天没有黑。"孩子立刻喊了起来。

"那么天还亮着？"

"不，天也不是亮着。"孩子摇了摇头。

马哲又笑了，他问："是不是天快黑的时候？"

孩子想了想后，才慎重地点点头。

于是马哲便站了起来，可孩子依旧坐着。他似乎非常高兴能和大人交谈。

马哲问他："你到河边去干什么呢？"

"玩呀。"孩子响亮地回答。

"你常去河边？"

"也不是，我想去哪儿就去哪儿。"

孩子临走时十分认真地对马哲说："你抓住那个家伙后，让我来看看。"

幺四婆婆离家去河边的时候，老邮政弄有四个人看到她。

从他们回忆的时间来看，幺四婆婆是下午四点到四点半的时候去河边的。而孩子发现那颗人头的时候是七点左右。因此罪犯作案是在这三个小时左右的时间里。据查，埋掉幺四婆婆死尸的地方有一个坑，而现在这个坑没有了，因此那坑是现成的。所以估计罪犯作案时间很可能是在一个小时以内完成的。

下午局长打电话来询问时，马哲将上述情况做了汇报。

幺四婆婆的家是在老邮政弄的弄底。那是一间不大的平房。屋内十分整洁，尽管没有什么摆设，可让人心情舒畅。屋内一些家具是很平常的。引起马哲注意的是放在房梁上的一堆麻绳，麻绳很粗，并且编得很结实。但马哲只是看了一会，也没更多地去关注。

吃过晚饭后，马哲独自一人来到了河边。河两旁悄无声息，只有那一群鹅在河里游来游去。

昨天这时，罪犯也许就在这里，他心里这样想着而慢慢走过去。而现在竟然如此静，竟然没人来此。他知道此案已经传遍小镇，他也知道他们是很想来看看的，现在他们没有人敢来，那是他们怕被当成嫌疑犯。

他听到了河水的声音。那声音不像是鹅游动时的声音，倒像是洗衣服的声音，小河在这里转了个弯，他走上前去时，果然看到有人背对着他蹲在河边洗衣服。

他惊讶不已，便故意踏着很响的步子走到这人背后，这人没回过头来，依然洗衣服。他好像不会洗衣服似的，他更像是在河水里玩衣服。

他在这人身后站了一会，然后说话了："你常到这儿来洗衣服？"他知道镇里几年前就装上自来水了，可竟然还会有人到河边来洗衣服。

这时那人扭回头来朝他一笑，这一笑使他大吃一惊。那人又将头转了回去，把被许多小石头压在河里的衣服提出来，在水面上摊平，然后又将小石头一块一块压上去，衣服慢慢沉到了水底。

他仔细回味刚才那一笑，心里觉得古怪。此刻那人开始讲话了，自言自语说得很快，一会轻声细语，一会又大叫大喊。马哲一句也没听懂，但他已经明白了，这人是个疯子。难怪他怎么会在这种时候到这里来。

于是马哲继续往前走。河边柳树的枝长长地倒挂下来，几乎着地。他每走几步都要用手拨开前面的柳枝。当他走出一百来米的时候，他看到草丛里有一样红色的东西。那是一枚蝴蝶形状的发卡。他弯腰捡了起来用手帕包好放进了口袋，接着仔细察看发卡的四周。在靠近河边处青草全都倒地，看来那地方人是经常走的。但发卡刚才搁着的地方却不然，青草没有倒下。可是中间有一块地方青草却明显地斜了下去。大概有人在这里摔倒过，而这发卡大概也是这个人的。"是个女的？"他心想。

"死者叫么四婆婆。老邮政弄所有的人都这样叫她，不管是老人还是孩子。谁都不知道她的真实姓名，知道的那个人已经死了，那人是她的丈夫，她是十六岁嫁到老邮政弄来的，十八岁时她丈夫死了，现在她六十五岁。这四十八年来她都是独自一人生活过来的。她每月从镇政府领取生活费同时自己养了二十多年鹅了。每年都养一大群，因此她积下了一大笔钱。据说她把钱藏在胸口，从不离身。这是去年她去镇政府要求不要再给她生活费时才让人知道的。为了让他们相信她，她从胸口掏出了一沓钱来，她的钱从来不存银行，因为她不相信别人。但是我们没有发现她的尸体上有一分钱，在她家中也仔细搜寻过，只在褥子下找到了一些零钱，加起来还不到十元。所以我想很可能是一桩抢劫杀人案……"小李说到这里朝马哲看看，但马哲没有反应，于是他继续说，"镇里和居委会几次劝她去敬老院，但她好像很害怕那个地方，每次有人对她这么一提起，她就会眼泪汪汪。她独自一人，没有孩子，也从不和街坊邻居往来，她的闲暇时间是消磨在编麻绳上，就是她屋内梁上的那一堆麻绳。但是从前年开始，她突然照顾起了一个三十五岁的疯子，疯子也住在老邮政弄。她像对待自己儿子似的对待那个疯子……"这时小李突然停止说话，眼睛惊奇地望着放在马哲身旁桌子上的红色发卡。"这是什么？"他问。

"在离出事地点一百米处捡的，那地方还有人摔倒的痕迹。"马哲说。

"是个女的！"小李惊愕不已。

马哲没有回答，而是说："继续说下去。"

三

幺四婆婆牵着疯子的手去买菜的情节，尽管已经时隔两年，可镇上的人都记忆犹新。就是当初人们一拥而上围观的情景，也是历历在目。他们仿佛碰上了百年不遇的高兴事，他们的脸都笑烂了，然而幺四婆婆居然若无其事，只是脸色微微有些泛红，那是她无法压制不断洋溢出来的幸福神色。而疯子则始终是嘻嘻傻笑着。篮子挎在疯子手中，疯子不知是出于愤怒还是出于与他们同样的兴奋，他总把篮子往人群里扔去。幺四婆婆便一次一次地去将篮子捡回来。疯子一次比一次扔得远。起先幺四婆婆还装着若无其事，然而不久她也像他们一样嘻嘻乱笑了。

当初幺四婆婆这一举止，让老邮政弄的人吃了一惊。因为在此之前他们一点没有看出她照顾过疯子的种种迹象。所以当她在这一天突然牵着疯子的手出现时他们自然惊愕不已。况且多年来幺四婆婆给他们的印象是讨厌和别人来往，甚至连说句话都很不愿意。

尽管如此，他们还是觉得她这不过是一时的异常举动。这种心血来潮的事在别人身上恐怕也会发生。可是后来的事实却让他们百思不解。有那么一段时间里，他们甚至怀疑幺四婆婆是不是也疯了，直到一年之后，他们才渐渐习以为常。

此后，他们眼中的疯子已不再如从前一样邋遢，他像一个孩子一样干净了，而且他的脖子上居然出现了红领巾。但是他早晨穿了干净的衣服而到了傍晚已经脏得不能不换。于是幺四婆婆屋前的晾衣竿上每天都挂满了疯子的衣服，像是一排尿布似的迎风飘扬。

当吃饭的时候来到时，老邮政弄的人便能常常听到她呼唤疯子的声音。那声音像是一个生气的母亲在呼喊着贪玩不归的孩子。

而且在每一个夏天的傍晚，疯子总像死人似的躺在竹榻里，幺四婆婆坐在一旁用扇子为他拍打蚊虫。

从那时起，幺四婆婆不再那么讨厌和别人说话。尽管她很少说话，可她也开始和街坊邻居一些老太太说些什么了。

她自然是说疯子。她说疯子的口气就像是在说自己的儿子。她常常抱怨疯子不体谅她，早晨换了衣服傍晚又得换。

"他总有一天要把我累死的。"她总是愁眉苦脸地这么说，"他现在还不懂事，还不知道我死后他就要苦了，所以他一点也不体谅我。"

这话让那些老太太十分高兴，于是她继续数落："我对他说吃饭时不要乱走，可我一转身他人就没影了。害得我到处去找他。早晚他要把我累死。"说到这里，幺四婆婆便叹息起来。

"你们不知道，他吃饭时多么难侍候。怎么教他也不用筷子，总是用手抓，我多说他几句，他就把碗往我身上砸。他太淘气了，他还不懂事。"

她还说："他这么大了，还要吃奶。我不愿意他就打我，后来没办法就让他吸几下，可他把我的奶头咬了下来。"说起这些，她脸上居然没有痛苦之色。

在那些日子里，他们总是看到幺四婆婆把疯子领到屋内，然后关严屋门，半天不出来。他们非常好奇，便悄悄走到窗前。玻璃窗上糊着报纸，没法看进去。他们便蹲在窗下听里面的声音。有声音，但很轻微。只能分辨出幺四婆婆的低声唠叨和疯子的自言自语。有时也寂然无声。当屋内疯子突然大喊大叫时，总要吓他们一跳。

慢慢地他们听到了一种奇特的声音。而且每当这种声音响起来时，又总能同时听到疯子的喊叫声。而且还夹杂着人在屋内跑动的声音，还有人摔倒在地，绊倒椅子的声响。起先他们还以为

　　　　　　　　　　　　　　　| 余华作品

幺四婆婆是在屋内与疯子玩捉迷藏，心里觉得十分滑稽。可是后来他们却听到了幺四婆婆呻吟的声音。尽管很轻，可却很清晰。于是他们才有些明白，疯子是在揍幺四婆婆。

幺四婆婆的呻吟声与日俱增，越来越响亮，甚至她哭泣求饶的声音也传了出来，而疯子打她的声音也越来越剧烈。然而当他们实在忍不住，去敲她屋门时，却因为她紧闭房门不开而无可奈何。

后来幺四婆婆告诉他们："他打我时，与我那死去的丈夫一模一样，真狠毒啊。"那时她脸上竟洋溢着幸福的神色。

小李用手一指，告诉马哲："就是这个疯子。"

此刻那疯子正站在马路中间来回走着正步，脸上得意洋洋。

马哲看到的正是昨天傍晚在河边的那个疯子。

四

那女孩子坐在马哲的对面，脸色因为紧张而变得通红。

"……后来我就拼命地跑了起来。"她说。

马哲点点头。"而且你还摔了一跤。"

她蓦然怔住了，然后眼泪簌簌而下。"我知道你们会怀疑我的。"

马哲没有答理，而是问："你为什么要去河边？"

她立刻止住眼泪，疑惑地望着马哲，想了很久才喃喃地说：

"你刚才好像问过了。"

马哲不动声色地看着她。

"难道没有问过？"她既像是问马哲，又像是问自己，随后又自言自语起来，"好像是没有问过。"

"你为什么去河边？"马哲这时又问。

"为什么？"她开始回想起来，很久后才答，"去找一只发卡。"

"是吗？"

马哲的口气使她一呆，她怀疑地望着马哲，嘴里轻声说："难道不是？"

"你是什么时候丢失的？"马哲随便地问了一句。

"昨天。"她说。

"昨天什么时候？"

"六点半。"

"那你是什么时候去找的？"

"六点半。"她脱口而出，随即她被自己的回答吓呆了。

"你是在同一个时间里既丢了发卡又在找。"马哲嘲笑地说，接着又补充道，"这可能吗？"

她怔怔地望着马哲，然后眼泪又流了下来。"我知道你们会怀疑我的。"

"你看到过别的什么人吗？"

"看到过。"她似乎有些振奋。

"什么样子？"

"是个男的。"

"个子高吗？"

"不高。"

马哲轻轻笑了起来，说："可你刚才说是一个高个子。"

她刚刚变得振奋起来的脸立刻又痴呆了。"我刚才真是这样说吗？"她可怜巴巴地问马哲。

"是的。"马哲坚定地说。

"我怎么会这么说呢？"她悲哀地望着马哲。

"你为什么到今天才来？"马哲又问。

"我害怕。"她颤抖着说。

"今天就不害怕了？"

"今天？"她不知该如何回答。她低下了头，然后抽泣起来。"我知道你们会怀疑我的。因为我的发卡丢在那里了，你们肯定要怀疑我了。"

马哲心想，她不知道，使用这种发卡的女孩子非常多，根本无法查出是谁的。"所以你今天来说了？"他说。

她边哭边点着头。

"如果发卡不丢，你就不会来说这些了？"马哲说。

"是这样。"

"你真的看到过别的人吗？"马哲突然严肃地问。

"没有。"她哭得更伤心了。

马哲将目光投向窗外，他觉得有点累了，他看到窗外有棵榆树，榆树上有灿烂的阳光在跳跃。那女孩子还在伤心地哭着。马哲对她说："你回去吧，把你的发卡也拿走。"

一个星期下来，案件的侦破毫无进展。作为凶器的柴刀，也没有下落。幺四婆婆家中的一把柴刀没有了，显而易见凶手很可能就是用这把柴刀的。据老邮政弄的人回忆，说是幺四婆婆遇害前一个月的时候曾找过柴刀，也就是说那柴刀在一个月前就遗失了，作为一桩抢劫杀人案，看来凶手是早有准备的。马哲曾让人在河里寻找过柴刀，但是没有找到。

这天傍晚，马哲又独自来到河边。河边与他上次来时一样悄无声息。马哲心想：这地方真不错。

然后他看到了在晚霞映照的河面上嬉闹的鹅群。幺四婆婆遇害后，它们就再没回去过。它们日日在此，它们一如从前那么无忧无虑。马哲走过去时，几只在岸上的鹅便迎着他奔来，伸出长长的脖子包围了他。

这个时候，马哲又听到了那曾听到过的水声。于是他提起右脚轻轻踢开了鹅，往前走过去。

他又看到了那个疯子蹲着的背影。疯子依旧在水中玩衣服。疯子背后十米远的地方就是曾搁过幺四婆婆头颅的地方。

在所有的人都不敢到这里来的时候，却有一个疯子经常来，马哲不禁哑然失笑。他觉得疯子也许不知道幺四婆婆已经死了，但他可能会发现已有几天没见到幺四婆婆，幺四婆婆生前常赶着鹅群来河边，现在疯子也常到河边，莫不是疯子在寻找幺四婆婆？

马哲继续往前走。此刻天色在渐渐地灰下来，刚才通红的晚霞现在似乎燃尽般暗下去。马哲听着自己脚步的声音走到一座木桥上。他将身体靠在了栏杆上，栏杆摇晃起来发出"吱吱"的声响。栏杆的声音消失后，河水潺潺流动的声音飘了上来。他看到那疯子这时已经站了起来，提着水淋淋的衣服往回走了。疯子走路姿态像是正在操练的士兵。不一会疯子消失了，那一群鹅没有消失，但大多爬到了岸上，在柳树间走来走去。在马哲的视线里时隐时现。他感到鹅的颜色不再像刚才那么白得明亮，开始模糊了。

在他不远处有一幢五层的大楼，他转过身去时看到一些窗户里的灯光正接踵着闪亮了。同时他听到从那些窗户里散出来的声音。声音传到他耳中时已经十分轻微，而且杂乱。但马哲还是分辨出了笑声和歌声。

那是一家工厂的集体宿舍楼。马哲朝它看了很久，然后他像是想起了什么，便离开木桥朝那里走去。

走到马路上，他看到不远处有个孩子正将耳朵贴在一根电线杆上。他从孩子身旁走过去。

"喂！"那孩子叫了一声。

马哲回头望去，此刻孩子已经离开电线杆朝他跑来。马哲马上认出了他，便向他招了招手。

"抓到了吗？"孩子跑到他跟前时这样问。

马哲摇摇头。

孩子不禁失望地埋怨道："你们真笨。"

马哲问他："你怎么在这儿？"

"听声音呀，那电线杆里有一种'嗡嗡'的声音，听起来真不错。"

"你不去河边玩了？"

于是孩子变得垂头丧气，他说："是爸爸不让我去的。"

马哲像是明白似的点点头。然后拍拍孩子的脑袋，说："你再去听吧。"

孩子仰起头问："你不想听吗？"

"不听。"

孩子万分惋惜地走开了，走了几步他突然转过身来说："你要我帮你抓那家伙吗？"

已经走起来的马哲，听了这话后便停下脚步，他问孩子："你以前常去河边吗？"

"常去。"孩子点着头，很兴奋地朝他走了过去。

"你看到过什么人吗？"马哲又问。

"看到过。"孩子立刻回答。

"是谁？"

"是一个大人。"

"是男的吗？"

"是的，是一个很好的大人。"孩子此刻开始得意起来。

"是吗？"马哲说。

"有一次他朝我笑了一下。"孩子非常感动地告诉马哲。

马哲继续问："你知道他住在什么地方吗？"

"当然知道。"孩子用手一指，"就在这幢楼里。"

这幢耸立在不远处的楼房，正是刚才引起马哲注意的楼房。

"我们去找他吧。"马哲说。

两人朝那幢大楼走去，那时天完全黑了，传达室的灯光十分昏暗，一个戴老花眼镜的老头坐在那里。

"你们这幢楼里住了多少人？"马哲上前搭话。

那老头抬起头来看了一会马哲，然后问："你找谁？"

"找那个常去河边的人。"孩子抢先回答。

"去河边？"老头一愣。他问马哲："你是哪儿的？"

"他是公安局的。"孩子十分神气地告诉老头。

老头听明白了，他想了想后说："我不知道谁经常去河边。你们自己去找吧。"

马哲正要转身走的时候，那孩子突然叫了起来："公安局找你。"马哲看到一个刚从身旁擦身而过的人猛地扭回头来，这人非常年轻，最多二十三岁。

"就是他。"孩子说。

那人朝他俩看了一会，然后走了上去，走到马哲面前时，他几乎是怒气冲冲地问："你找我？"

马哲感到这声音里有些颤抖，马哲没有回答，只是看着他。

孩子在一旁说："他要问你为什么常去河边。"孩子说完还问马哲："是吗？"

马哲依旧没有说话，那人却朝孩子逼近一步，吼道："我什么时候去河边了？"

吓得孩子赶紧躲到马哲身后。孩子说："你是去过的。"

"胡说。"那人又吼一声。

"我没有胡说。"孩子可怜地申辩道。

"放你的屁。"那人此刻已经怒不可遏了。

这时马哲开口了，他十分平静地说："你走吧。"

那人一愣，随后转身就走。马哲觉得他走路时的脚步有点乱。

马哲回过头来问老头："他叫什么名字？"

老头犹豫了一下，说："我不知道。"

"真的不知道？"马哲走上一步。

老头又犹豫了起来，结果还是说："我真不知道。"

马哲看了他一会，然后点点头就走了。孩子追上去，说："我没有说谎。"

"我知道。"马哲亲切地拍拍他的脑袋。

回到住所，马哲对小李说："你明天上午去农机厂调查一个年轻人，你就去找他们集体宿舍楼的门卫，那是一个戴眼镜的老头，他会告诉你一切的。"

六

"那是一个很不错的老头。"小李说，"我刚介绍了自己，他马上把所有的情况都告诉了我，仿佛他事先准备过似的。不过他好像很害怕，只要一有人进来他马上就不说了，而且还介绍说我住在不远，是来找他聊天的。但是这老头真不错。"

　　　　　　　　　　　　余华作品

马哲听到这里不禁微微一笑。

小李继续说："那人名叫王宏，今年二十二岁，是两年前进厂的。他这人有些孤僻，不太与人交往。他喜欢晚饭后去那河边散步。除了下雨和下雪外，他几乎天天去河边。出事的那天晚上，他是五点半多一点的时候出去，六点钟回来的，他一定去河边了。当八点多时，宿舍里的人听说河边有颗人头都跑去看了，但他没去。门房那老头看到他站在二楼窗口，那时老头还很奇怪他怎么没去。"

王宏在这天下午找上门来了。他一看到马哲就气势汹汹地责问："你凭什么理由调查我？"

"谁告诉你的？"马哲问。

他听后一愣，然后嘟哝着："反正你们调查我了。"

马哲说："你来就是为了说这些？"

他又是一愣，看着马哲有点不知所措。

"那天傍晚你去河边了？"

"是的。"他说，"我不怕你们怀疑我。"

马哲继续说："你是五点半多一点出去六点钟才回来的，这时间里你在河边？"

"我不怕你们怀疑我。我告诉你，我是天不怕地不怕的。你可以到厂里去打听打听。"

"现在要你回答我。"

他迟疑了一下，然后说："我先到街上去买了盒香烟，然后去了河边。"

"在河边看到了什么？"

他又迟疑了一下，说道："看到那颗人头。"

"你昨天为何说没去过河边？"

"我讨厌你们。"他叫了起来，"我讨厌你们，你们谁都怀疑，我不想和你们打交道。"

马哲又问："你看到过什么人？"

"看到的。"他说着在椅子上坐下来，"我今天就是来告诉你们的，我看到的只是背影，所以说不准。"他飞快地说出一个姓名和单位，"本来我不想告诉你们，要不说你们就要怀疑我了。尽管我不怕，但我不想和你们打交道。"

马哲点点头，表示知道了他的意思，然后说："你先回去吧，什么时候叫你，你再来。"

七

据了解，王宏所说的那个人在案发的第二天就请了病假，已经近半个月了，仍没上班。从那人病假开始的第一天，他们单位的人就再也没有见到他。

"难道他溜走了？"小李说。

那人住在离老邮政弄有四百米远的杨家弄。他住在一幢旧式楼房的二楼，楼梯里没有电灯，在白天依旧漆黑一团。过道两旁堆满了煤球炉子和木柴。马哲他们很困难地走到了一扇灰色的门前。

　　　　　　　　　　　　　　　　　　余华作品

开门的是一个三十来岁的男子，他的脸色很苍白，马哲他们要找的正是这人。

他一看到进来的两个人都穿着没有领章的警服，便知道发生了什么。他像是对熟人说话似的说："你们来了？"然后把他们让进屋内，自己在一把椅子上坐了下来。

马哲和小李在他对面坐下。他们觉得他非常虚弱，似乎连呼吸也很费力。

"我等了你们半个月。"他笑笑说，笑得很忧郁。

马哲说："你谈谈那天傍晚的情况。"

他点点头，说："我等了你们半个月。从那天傍晚离开河边后，我就等了。我知道你们这群人都是很精明的，你们一定会来找我的。可你们让我等了半个月，这半个月太漫长了。"说到这里，他又如刚才似的笑了笑。接着又说，"我每时每刻都坐在这里想象着你们进来时的情景，这两天就是做梦也梦见你们来找我了。可你们却让我等了半个月。"他停止说话，埋怨地望着马哲。

马哲他们没有做声，等待着他说下去。

"我天天都在盼着你们来，我真有点受不了。"

"那你为何不来投案？"小李这时插了一句。马哲不由朝小李不满地看了一眼。

"投案？"他想了想，然后又笑了起来。接着摇头说，"有这个必要吗？"

"当然。"小李说。

他垂下头，看起了自己的手，随后抬起头来充满忧伤地说："我知道你们会这样想的。"

马哲这时说："你把那天傍晚的情况谈一谈吧。"

于是他摆出一副回忆的样子。他说道："那天傍晚的河边很宁静，我就去河边走着。我是五点半到河边的。我就沿着河边走，后来就看到了那颗人头。就这些。"

小李莫名其妙地看看马哲，马哲没有一点反应。

"你们不相信我，这我早知道了。"他又忧郁地微笑起来，"谁让我那天去河边了。我是从来不去那个地方的。可那天偏偏去了，又偏偏出了事。这就是天意。"

"既然如此，你就不想解释一下吗？"马哲这时说。

"解释？"他惊讶地看着马哲，然后说，"你们会相信我吗？"

马哲没有回答。

他又摇起了头，说道："我从来不相信别人会相信我。"

"你当时看到过什么吗？"

"看到一个人，但在我后面，这个人你们已经知道了。就凭他的证词，你们就可以逮捕我。我当时真不应该跑，更不应该转回脸去。但这一切都是天意。"说到这里，他又笑了起来。

"还看到了什么？"马哲继续问。

"没有了，否则就不会是天意了。"

"再想一想。"马哲固执地说。

"想一想。"他开始努力回想起来，很久后他才说，"还看到过另外一个人，当时他正蹲在河边洗衣服。但那是一个疯子。"他无可奈何地看着马哲。

马哲听后微微一怔，沉默了很久，他才站起来对小李说："走吧。"

那人惊愕地望着他俩，问："你们不把我带走了？"

八

那人名叫许亮，今年三十五岁。没有结过婚。似乎也没和任何女孩子有过往来。他唯一的嗜好是钓鱼。邻居说他很孤僻，单位的同事却说他很开朗。有关他的介绍，让马哲觉得是在说两个毫不相关的人。马哲对此并无多大兴趣。他所关心的是根据邻居的回忆，许亮那天是下午四点左右出去的，而许亮自己说是五点半到河边。

"在那一个多小时里，你去了什么地方？"在翌日的下午，马哲传讯了许亮。

"什么地方也没去。"他说。

"那么你是四点左右就去了河边？"马哲问。

"没有。"许亮懒洋洋地说，"我在街上转了好一会。"

"碰到熟人了吗？"

"碰到了一个，然后我和他在街旁人行道上聊天了。"

"那人是谁？"

许亮想了一下，然后说："记不起来了。"

"你刚才说是熟人，可又记不起是谁了。"马哲微微一笑。

"这是很正常的。"他说，"比如你写字时往往会写不出一个你最熟悉的字。"说完他颇有些得意地望着马哲。

"总不会永远记不起吧?"马哲说。

"也很难说。也许我明天就会想起来,也许我永远也想不起来了。"他用一种无所谓的态度说,仿佛这些与他无关似的。

这天马哲让许亮回去了。可是第二天许亮仍说记不起是谁,以后几天他一直这么说。显而易见,在这个细节上他是在撒谎。许亮已经成了这桩案件的重要嫌疑犯。小李觉得可以对他采取行动了。马哲没有同意,因为仅仅只是他在案发的时间里在现场是不够的,还缺少其他的证据。当马哲传讯许亮时,小李他们仔细搜查了他的屋子,没发现任何足以说明问题的证据。而其他的调查也无多大收获。

与此同时,马哲调查了另一名嫌疑犯,那人就是疯子。在疯子这里,他们却得到了意想不到的进展。

当马哲一听说那天傍晚疯子在河边洗衣服时,蓦然怔住了,于是很快联想起了罪犯作案后的奇特现场。当初他似乎有过一个念头,觉得作案的人有些不正常。但他没有深入下去。而后来疯子在河边洗衣服的情节也曾使他惊奇,但他又忽视了。

老邮政弄有两个人曾在案发的那天傍晚五点半到六点之间,看到疯子提着一件水淋淋的衣服走了回来。他们回忆说当初他们以为疯子掉到河里去了,可发现他外裤和衬衣是干的,又惊奇了起来。但他们没在意,因为对疯子的任何古怪举动都不必在意。

"还看到了什么?"马哲问他们。

他们先是说没再看到什么,可后来有一人说他觉得疯子当初另一只手中似乎也提着什么。具体什么他记不起来了，因为当时的注意力被那件水淋淋的衣服吸引了过去。

"你能谈谈印象吗？"马哲说。

可那人怎么说也说不清楚，只能说出大概的形状和大小。

马哲蓦然想起什么，他问："是不是像一把柴刀？"

那人听后眼睛一亮："像。"

关于疯子提着水淋淋的衣服，老邮政弄的人此后几乎天天傍晚都看到。据他们说，在案发以前，疯子是从未有过这种举动的。而且在案发的那天下午，别人还看到疯子在幺四婆婆走后不久，也往河边的方向走去。身上穿的衣服正是这些日子天天提在他手中的水淋淋的衣服。

于是马哲决定搜查疯子的房间。在他那凌乱不堪的屋内，他们找到了幺四婆婆那把遗失的柴刀。上面沾满血迹。经过化验，柴刀上血迹的血型与幺四婆婆的血型一致。

接下去要做的事是尽快找到幺四婆婆生前积下的那笔钱。"我要排除抢劫杀人的可能性。"马哲说，看来马哲在心里已经认定罪犯是疯子了。

然而一个星期下来，尽管所有该考虑的地方都寻找过了，可还是没有找到那笔钱。马哲不禁有些急躁，同时他觉得难以找到了。尽管案件尚留下一个疑点，但马哲为了不让此案拖得过久，便断然认为幺四婆婆将钱藏在一个不为人知的地方，而决定逮捕疯子了。

当马哲决心已下后，小李却显得犹豫不决，他问马哲："逮捕谁？"

马哲仿佛一下子没有明白这话是什么意思。

"可是，"小李说，"那是个疯子。"

马哲没有说话，慢慢走到窗口。这二楼的窗口正好对着大街。他看到不远处围着一群人，周围停满了自行车，两边的人都无法走过去了。中间那疯子正舒舒服服躺在马路上。因为交通被阻塞，两边的行人都怒气冲冲，可他们无可奈何。

第二章

一

河水一直在流着，秋天已经走进了最后的日子。两岸的柳树开始苍老，天空仍如从前一样明净，可天空下的田野却显得有些凄凉。几只麻雀在草丛里蹀来蹀去，青草茁壮成长，在河两旁迎风起舞。

有一行人来到了河边。

"后来才知道是一个疯子干的。"有人这么说。显然他是在说那桩凶杀案，而他的听众大概是异乡来的吧。

"就是我们刚才看到的那个疯子。"那人继续说。

"就是一看到你就吓得乱叫乱跑的那个疯子？"他们中间一人问。

"是的，因为他是个疯子，公安局的人对他也就没有办法，所以把他交给我们了。我用绳子捆了他一个星期，从此他一看到我就十分害怕。"

此刻他们已经走到了小河转弯处，那人说："到了，就在那个地方，放着一颗人头。"

他们沿着转弯的小河也转了过去。"这地方真不错。"有一人这么说。

那人回过头去笑笑，然后用手一指说："就在这里，有颗人头。"他刚一说完马上就愣住了。随即有一个女子的声音哨子般惊叫起来，而其他的人都吓得目瞪口呆。

二

马哲站在那小小的坟堆旁，那颗人头已经被取走，尸体也让人抬走了。暴露在马哲眼前的是一个浅浅的坑，他看到那翻出来的泥土是灰红色的，上面有几块不规则的血块，一只死者的黑色皮鞋被扔在坑边，皮鞋上也有血迹，皮鞋倒躺在那里，皮鞋与马哲脚上穿的皮鞋一模一样。

马哲看了一会后，朝河边走去了，此刻中午的阳光投射在河面上，河面像一块绸布般熠熠生辉。他想起了那一群鹅，若此刻鹅群正在水面上移动，那将是怎样一幅景象？他朝四周望去，感到眼睛里一片空白，因为鹅群没有出现在他的视线中。

"那疯子已经关起来了。"马哲身旁一个人说，"我们一得到报告，马上就去把疯子关起来，并且搜了他的房间，搜到了一把柴刀，上面沾满血迹。"

在案发的当天中午，曾有两人看到疯子提着一件水淋淋的衣服走回来，但他们事后都说没在意。

"为什么没送他去精神病医院？"马哲这时转过身去问。

"本来是准备送他去的，可后来……"那人犹豫了一下，又说，"后来就再没人提起了。"

马哲点点头，离开了河边。那人跟在后面，继续说："谁会料到他还会杀人。大家都觉得他不太会……"他发现马哲已经不在听了，便停止不说。

在一间屋子的窗口，马哲又看到了那个疯子。疯子那时正自言自语地坐在地上，裤子解开着，手伸进去像是捉跳蚤似的十分专心。捉了一阵，像是捉到了一只，于是他放进嘴里津津有味地咀嚼起来。这时他看到了窗外的马哲，就乐呵呵地傻笑起来。

马哲看了一会，然后转过脸去。他突然吼道："为什么不把他捆起来？"

三

死者今年三十五岁，职业是工人。据法医验定，凶手是从颈后用柴刀砍下去的，与幺四婆婆的死状完全一致，而疯子屋里找到的那把柴刀上的血迹，经过化验也与死者的血型一致。那疯子被绳子捆了两天后，便让人送到离此不远的一家精神病医院去了。

"死者是今年才结婚的，他妻子比他小三岁。"小李说，"而且已经怀孕了。"

死者的妻子坐在马哲对面，她脸色苍白，双手轻轻搁在微微隆起的腹部。她的目光在屋内游来游去。

此刻是在死者家中，而在离此二里路的火化场里，正进行着死者的葬礼。家中的一切摆设都让人觉得像阳光一样新鲜。

"我们都三十多岁了，我觉得没必要把房间布置成这样。可他一定要这样布置。"她对马哲说，那声音让人觉得她似乎有些不好意思。

也不知是什么原因，在下午就要离开这里的时候，马哲突然想去看望一下死者的妻子。于是他就坐到这里来了。

"结果结婚那天，他们一进屋就都惊叫了起来，他们都笑我们俩，那天你没有来吧？"

马哲微微一怔。她此刻正询问似的看着他，他一时间不知该如何回答。

她仔细看了一会马哲，然后说："你是没有来。那天来的人很多，但我都记得。我没有看到你。"

"我是没有来。"马哲说。

"你为什么不来呢？"她惊讶地问。

这话让马哲也惊讶起来。他有点不知所措地看着她。

"你应该来。"她将目光移开，轻轻地埋怨道。

"可是……"马哲想说他不知道他们的婚事，但一开口又犹豫起来。他想了想后才说："我那天出差了。"他心想，我与你们可是素不相识。

她听后十分遗憾地说："真可惜，你不来真可惜。"

"我很后悔。"马哲说，"要是当初不去出差，我就能参加你们的婚礼了。"

她同情地望着马哲，看了很久才认真地点点头。

"那天他喝了很多酒，一到家就吐了。"她说着扭过头去在屋内寻找着什么，找了一会才用手朝放着彩电的地方一指，"就吐在那里，吐了一大摊。"她用手比划着。

马哲点了点头。

"你也听说了？"她略略有些兴奋地问。

"是的。"马哲回答，"我也听说了。"

她不禁微微一笑，接着继续问："你是听谁说的？"

"很多人都这么说。"马哲低声说道。

"是吗？"她有些惊讶，"他们还说了些什么？"

"没有了。"马哲摇摇头。

"真的没有说什么？"她仍然充满希望地问道。

"没有。"

她不再说话，扭过头去看着她丈夫曾经呕吐的地方，她脸上出现了羞涩的笑意。接着她回过头来问马哲："他们没有告诉你我们咬苹果的事？"

"没有。"

于是她的目光又在屋内搜寻起来，随后她指着那吊灯说："就在那里。"

马哲仰起头，看到了那如莲花盛开般的茶色吊灯。吊灯上还荡着短短的一截白线。

"线还在那里呢。"她说，"不过当时要长多了，是后来被我扯断的。他们就在那里挂了一只苹果，让我们同时咬。"说到这里，她朝马哲微微一笑，"我丈夫刚刚呕吐完，可他们还是不肯放过他，一定要让他咬。"接着她陷入了沉思之中，那苍白的脸色开始微微有些泛红。

这时马哲听到楼下杂乱的脚步声。那声音开始沿着楼梯爬上来，他知道死者的葬礼已经结束，送葬的人回来了。

她也听到了那声音。起先没注意，随后她皱起眉头仔细听了起来。接着她脸上的神色起了急剧的变化，她仿佛正在慢慢记起一桩被遗忘多年的什么事。

马哲这时悄悄站了起来，当他走到门口时，迎面看到了一只被捧在手中的骨灰盒。他便侧身让他们一个一个走了进去。然后他才慢慢地走下楼，直到来到大街上时，他仍然没有听到他以为要听到的那撕心裂肺的哭喊声。

当走到码头时，他看到小李从汽艇里跳上岸，朝他走来。

"你还记得那个叫许亮的人吗？"小李这样问。

"怎么了？"马哲立刻警觉起来。

"他自杀了。"

"什么时候？"马哲一惊。

"就在昨天。"

四

发现许亮自杀的，是一个二十五六岁的年轻人。

"我是许亮的朋友。"他说。他似乎很不愿意到这里来。

"我是昨天上午去他家的，因为前一天我们约好了一起去钓鱼，所以我就去了。我一脚踢开了他的房门。我每次去从不敲门，因为他告诉我他的门锁坏了，只要踢一脚就行了。他自己也已有两年不用钥匙了。他这办法不错。现在我也不用钥匙，这样很方便。而且也很简单，只要经常踢，门锁就坏了。"说到这里，他问马哲："我说到什么地方了？"

"你踢开了门。"马哲说。

"然后我就走了进去，他还躺在床上睡觉。睡得像死人一样。我就去拍拍他的屁股，可他没理我。然后我去拉他的耳朵，大声叫着他的名字，可他像死人一样。我从来没有见过睡得这么死的人。"他说到这里仿佛很累似的休息了一会，接着又说，"然后我看到床头柜上有两瓶安眠酮，一瓶还没有开封，一瓶只剩下不多了。于是我就怀疑他是不是自杀。但我拿不准，便去把他的邻居叫进来，让他们看看，结果他们全惊慌失措地大叫起来。完了。"他如释重负般地舒了口气，随后又低声嘟哝道，"自杀有什么好大惊小怪的。"

然后他站起来准备走了，但他看到马哲依旧坐着，不禁心烦地问："你还要知道点什么？"

　　马哲用手一指，请他重新在椅子上坐下，随后问："你认识许亮多久了？"

　　"不知道。"他恼火地说。

　　"这可能吗？"

　　"这不可能。"他说，"但问题是这很麻烦，因为要回忆，而回忆实在太麻烦。"

　　"你是怎样和他成为朋友的？"马哲问。

　　"我们常在一起钓鱼。"说到钓鱼他开始有些高兴了。

　　"他给你什么印象？"马哲继续问。

　　"没印象，"他说，"他又不是什么英雄人物。"

　　"你谈谈吧。"

　　"我说过了没印象。"他很不高兴地说。

　　"随便谈谈。"

　　"是不是现在自杀也归公安局管了？"他恼火地问。

　　马哲没有回答，而是摆出一副认真听讲的样子。

　　"好吧。"他无可奈何地说，"他这个人……"他皱起眉头开始想了，"他总把别人的事想成自己的事。常常是我钓上来的鱼，可他却总说是他钓上来的。反正我也无所谓是谁钓上的。他和你说过他曾经怎样钓上来一条三十多斤的草鱼吗？"

　　"没有。"

　　"可他常这么对我说，而且还绘声绘色。其实那鱼是我钓上的，他所说的是我的事。可是这和他的自杀有什么关系呢？他的自杀和你们又有什么关系？"他终于发火了。

"他为什么要自杀？"马哲突然这样问。

他一愣，然后说："我怎么知道。"

"你的看法呢？"马哲进一步问。

"我没有看法。"他说着站起来就准备走了。

"别走。"马哲说，"他自杀与疯子杀人有关吗？"

"你别老纠缠我。"他对马哲说，"我对这种事讨厌，你知道吗？"

"你回答了再走。"

"有关又怎样？"他非常恼火地重新在椅子上坐下，"你们既然已经知道了，为什么还要问我？"

"你说吧。"马哲说。

"好吧。"他怨气冲冲地说，"那个幺四婆婆死时，他找过我，要我出来证明一下，那天傍晚曾在什么地方和他聊天聊了一小时，但我不愿意。那天我没有见过他，根本不会和他聊天。我不愿意是这种事情太麻烦。"他朝马哲看看，又说，"我当时就怀疑幺四婆婆是他杀的，要不他怎么会那样。"他又朝马哲看看，"现在说出来也无所谓了，反正他不想活了。他想自杀，尽管没有成功，可他已经不想活了。你们可以把他抓起来，在这个地方。"他用手指着太阳穴，"给他一枪，一枪就成全他了。"

五

当马哲和小李走进病房时，许亮正半躺在床上，他说："我知道你们会来找我的。"仍然是这句话。

"我们是来探望你的。"马哲说着在病床旁一把椅子上坐下，小李便坐在了床沿上。

许亮已经骨瘦如柴，而且眼窝深陷。他躺在病床上，像是一副骨骼躺在那里。尽管他说话的语气仍如从前，可那神态与昔日相比简直判若两人。

"怎么办呢？"他自言自语地说着，两眼茫然地望着马哲。

"你有什么话就说吧。"马哲说。

许亮点点头，他说："我知道你们要来找我的，我知道自己随便怎样也逃脱不掉了。上次你们放过我，这次你们一定不会放过我的。所以我就准备……"他暂停说话，吃力地喘了几口气，"这一天迟早都要到来的，我想了很久，想到与其让一颗子弹打掉半个脑壳，还不如吃安眠酮睡过去永远不醒。"说到这里他竟得意地笑了笑，随后又垂头丧气起来，"可是没想到我又醒了过来，这些该死的医生，把我折腾得好苦。"他恶狠狠低声骂了一句。"但是也怪自己，"他立刻又责备自己了，"我不想死得太痛苦。所以我就先吃了四片，等到药性上来后，再赶紧去吃，可已经来不及了。我吞下了大半瓶后就不知道自己了，我就睡死过去了。"他说到这里竟滑稽地朝马哲做了个鬼脸，接着他又哭丧着脸说，"可是谁想到还是让你们找到了。"

"那么说，你前天中午也在河边？"小李突然问。

"是的。"他无力地点点头。

小李用眼睛向马哲暗示了一下，但马哲没有理会。

"自从那次去河边过后，我就再也没有去过，但后来越想越觉得不对劲。我怕自己要是不再去河边，你们会怀疑我的。"他朝马哲狡猾地笑笑，"我知道你们始终没有放弃对我的怀疑，我觉得你们真正怀疑的不是疯子，而是我。你们那么做无非是想让我放松警惕。"他脸上又出现了得意的神色，仿佛看破了马哲的心事。"因此我就必须去河边走走，于是我又看到了一颗人头。"他悲哀地望着马哲。

"然后你又看到了那个疯子在河边洗衣服？"小李问。

"是的。"他说，然后苦笑了。

"你就两次去过河边？"

他木然地点点头。

"而且两次都看到了人头？"小李继续问。

这次他没有什么表示，只是迷惑地看着小李。

"这种可能存在吗？会有人相信吗？"小李问道。

他朝小李亲切地一笑，说："就连我自己都不会相信。"

"我认为……"小李在屋内站着说话，马哲坐在椅子里。局里的汽艇还得过一小时才到，他们得在一小时以后才能离开这里。"我认为我们不能马上就走。许亮的问题还没调查清楚。幺四婆婆案件里还有一个疑点没有澄清。而且在两次案发的时间里，许亮都在现场。用偶然性来解释这些显然是不能使人信服的，我觉得许亮非常可疑。"

马哲没有去看小李，而是将目光投到窗外，窗外有几片树叶在摇曳，马哲便判断着风是从哪个方向吹来的。

"我怀疑许亮参与了凶杀。我认为这是一桩非常奇特的案件。一个正常人和一个疯子共同制造了这桩凶杀案。这里有两种可能性：一是整个凶杀过程以疯子为主，许亮在一旁望风和帮助。二是许亮没有动手，而是教唆疯子，他离得较远，一旦被人发现他就可以装出大叫大喊的样子。但这两种可能都是次要的，作为许亮，他作案的目的是抢走么四婆婆身上的钱。"

马哲这时转过头来了，仿佛他开始听讲。

"而作案后他很可能参与了现场布置，他以为这奇特的现场会转移我们的注意。因为正常人显然是不会这样布置现场的。案发后他又寻求别人作伪证。"

马哲此刻脸上的神色认真起来了。

"第二起案发时这两人又在一起。显然许亮不能用第一次方法来蒙骗我们了，于是他假装自杀，自杀前特意约人第二天一早叫他，说是去钓鱼。而自杀的时间是在后半夜，这是他告诉医生的，并且只吃了大半瓶安眠酮，一般决心自杀的人是不会这样的。他最狡猾的是主动说出第二次案发时他也在河边，这是他比别的罪犯高明之处，然后他装着害怕的样子而去自杀。"

这时马哲开口了，他说："但是许亮在第二起案发时不在河边，而在自己家中，他的邻居看到他在家中。"

小李惊愕地看着马哲，许久他才喃喃地问："你去调查过了？"

马哲点点头。

"可是他为什么说去过河边？"小李感到迷惑。

马哲没有回答，他非常疲倦地站了起来，对小李说："该去码头了。"

六

两年以后，幺四婆婆那间屋子才住了人。当那人走进房屋时，发现墙角有一堆被老鼠咬碎的麻绳，而房梁上还挂着一截麻绳，接着他又在那碎麻绳里发现了同样被咬碎的钞票。于是幺四婆婆一案中最后遗留的疑点才算澄清。幺四婆婆把钱折成细细一条编入麻绳，这是别人根本无法想到的。

也是在这个时候，疯子回来了。疯子在精神病医院待了两年。他尝尽了电疗的痛苦，出院时已经憔悴不堪。因为疯子一进院就殴打医生，所以他在这两年里接受电疗的次数已经超出了他的生理负担。在最后的半年里，他已经卧床不起。于是院方便通知镇里，让他们把疯子领回去。他们觉得疯子已经不会活得太久了，他们不愿让疯子死在医院里。而此刻镇里正在为疯子住院的费用发愁，本来镇上的民政资金就不多，疯子一住院就是两年，实在使他们发愁，因此在此时接到这个通知，不由让他们松了一口气。

疯子是躺在担架上被人抬进老邮政弄的，此前，镇里已经派人将他的住所打扫干净。

疯子被抬进老邮政弄时，很多人围上去看。看到这么多的人围上来，躺在担架里的疯子便缩成了一团，惊恐地低叫起来。那声音像鸭子似的。

此后疯子一直躺在屋内，由居委会的人每日给他送吃的去。那些日子里，弄里的孩子常常扒在窗口看疯子。于是老邮政弄的人便知道什么时候疯子开始坐起来，什么时候又能站起来走路。一个多月后，疯子竟然来到了屋外，坐在门口地上晒太阳，尽管是初秋季节，可疯子坐在门口总是瑟瑟打抖。

当疯子被抬进老邮政弄时，似乎奄奄一息，没想到这么快他又恢复了起来。而且不久后他不再怕冷，开始走来走去，有时竟又走到街上去站着了。

后来有人又在弄口看到疯子提着一件水淋淋的衣服走了过来。起先他没在意，可随即心里一怔，然后他看到疯子另一只手里正拿着一把沾满血迹的柴刀，不禁毛骨悚然。

许亮敲开了邻居的房门，让他的邻居一怔。这个从来不和他们说话的人居然站到他们门口来了。

许亮站在门口，随便他们怎么邀请也不愿进去。他似笑似哭地对他们说："我下午去河边了，本来我发誓再也不去河边，可我今天下午又去了。"

疯子又行凶杀人的消息是在傍晚的时候传遍全镇的。此刻他们正在谈论这桩事，疯子三次行凶已经使镇上所有的人震惊不已。许亮就是在这个时候出现在他们面前的。听了许亮的话，他们莫名其妙。因为他们看到许亮整个下午都在家。

"我也不知道自己怎么又到河边去了。"许亮呆呆地说。既是对他们说，又像是自言自语。

"可是你下午不是在家吗？"

"我下午在家？"许亮惊讶地问，"你们看到我在家？"

他们互相看看，不知该如何回答。

于是许亮脸上的神情立刻黯了下去。他摇着头说："不，我下午去河边了。我已经发誓不去那里，可我下午又去了。"他痛苦地望着他们。

他们面面相觑。

"我又看到了一颗人头。"说到这里，许亮突然笑了起来，"我又看到了一颗人头。"

"可是你下午不是在家吗？"他们越发觉得莫名其妙。

"而且我又看到，"他神秘地说，"我又看到那个疯子在洗衣服了。"

他们此刻目瞪口呆了。

许亮这时十分愉快地嬉笑起来，然而随即他又立刻收起笑容像是想起了什么，茫然地望着他们，接着转身走开了。不一会他们听到许亮敲另一扇门的声音。

马哲又来到了河边，不知为何他竟然又想起了那群鹅。他想象着它们在河面上游动时那像船一样庄重的姿态。他现在什么都不愿去想，就想那一群鹅，他正努力回想着当初凌晨一脚踩进鹅群时的情景，于是他仿佛又听到了鹅群因为惊慌发出的叫声。

此刻现场已经被整理过了，但马哲仍不愿朝那里望。那地方叫他心里恶心。

这次被害的是个孩子。马哲只是朝那颗小小的头颅望了一眼就走开了。小李他们走了上去。不知为何马哲突然发火了，他对镇上派出所的民警吼道："为什么要把现场保护起来？"

"这……"民警不知所措地看着马哲。

马哲的吼声使小李有些不解，他转过脸去迷惑地望着马哲。这时马哲已经沿着河边走了过去。那民警跟在后面。

走了一会，马哲才平静地问民警："那群鹅呢？"

"什么？"民警一时没有反应过来。

"幺四婆婆养的那些鹅。"

"不知道。"民警回答。

马哲听后若有所思地点了点头。

这天晚上，小李告诉马哲，被害者就是发现幺四婆婆人头的那个孩子。

马哲听后呆了半天，然后才说："他父亲不是不准他去河边了吗？"

小李又说："许亮死了，是自杀的。"

"可是那孩子为什么要去河边呢？"马哲自言自语，随即他惊愕地问小李，"许亮死了？"

第三章

一

那是一个夏日之夜，月光如细雨般掉落下来。街道在梧桐树的阴影里躺着，很多人在上面走着，发出的声音很零乱，夏夜的凉风正在吹来又吹去。

那个时候他正从一条弄堂里走了出来，他正站在弄堂口犹豫着。他在想着应该往左边走呢还是往右边走。因为往左边或者右边走对他来说都是一样，所以他犹豫着但他犹豫的时候心里没感到烦躁，因为他的眼睛没在犹豫，他的眼睛在街道上瞟来瞟去。因此渐渐地他也就不去考虑该往何处走了，他只是为了出来才走到弄口的，现在他已经出来了也就没必要烦躁不安。他本来就没打算去谁的家，也就是说他本来就没有什么固定的目标。他只是因为夏夜的诱惑才出来的，他知道现在去朋友的家也是白去，那些朋友一定都在外面走着。

所以他在弄口站着时，就感到自己与走时一样。这种感觉是旁人的走动带给他的。他此刻正心情舒畅如欣赏电影广告似的，欣赏着女孩子身上裙子的飘动，她们身上各种香味就像她们长长的头发一样在他面前飘过。而她们的声音则在他的耳朵里优美地旋转，旋得他如醉如痴。

从他面前走过的人中间，也有他认识的，但不是他的朋友。他们有的就那么走了过去，有的却与他点头打个招呼，但他们没邀请他，所以他也不想加入进去。他正想他的朋友们也会从他面前经过，于是一方面盼着他们，一方面又并不那么希望他们出现。因为他此刻越站越自在了。

这个时候他看到有一个人有气无力地走了过来，那人不是在街道中间走，而是贴着人行道旁的围墙走了过来。大概是为了换换口味，他就对那人感兴趣了，他感到那人有些古怪，尤其是那人身上穿的衣服让他觉得从未见过。

那人已经走到了他跟前，看到他正仔细打量着自己，那人脸上露出了奇特的笑容，然后笑声也响了起来，那笑声断断续续、时高时低，十分刺耳。

他起先一愣，觉得这人似乎有些不正常，所以也就转回过脸去继续往街道上看。可是随即他又想起了什么，便立刻扭回头去，那人已经走了几步远了。

他似乎开始想起了什么，紧接着他猛地蹿到了街道中间，随即朝着和那人相反的方向跑了起来，边跑边声嘶力竭地喊："那疯子又回来了。"

正在街上走着的那些人都被他的叫声搞得莫名其妙，便停下脚步看着他。然而当听清了他的叫声后，他们不禁毛骨悚然，互相询问着同时四处打量，担心那疯子就在身后什么地方站着。

他跑出了二十多米远，才慢慢停下来，然后气喘吁吁又惊恐不已地对周围的人说："那杀人的疯子又回来了。"

这时他听到远处有一个声音飘过来，那声音也在喊着疯子回来了。起先他还以为是自己刚才那叫声的回音，但随即他听出了是另一个人在喊叫。

二

　　马哲是在第二天知道这个消息的，当时他呆呆地坐了半天，随后走到隔壁房间去给妻子挂了个电话，告诉她今晚可能不回家了。妻子在电话里迟疑了片刻，才说声知道。

　　那时小李正坐在他对面，不禁抬起头来问："又有什么情况？"

　　"没有。"马哲说着把电话搁下。

　　两小时后，马哲已经走在那小镇的街上了，他没有坐局里的汽艇，而是坐小客轮去的。当他走上码头时，马上就有人认出了他。有几个人迎上去告诉他："那疯子又回来了。"他点点头表示已经知道。

　　"但是谁都没有看到他。"

　　听了这话，马哲不禁站住了。

　　"昨晚上大家叫了一夜，谁都没睡好。可是今天早晨互相一问，大家都说没见到。"那人有些疲倦地说。

　　马哲不由皱了一下眉，然后他继续往前走。

　　街上十分拥挤，马哲走去时又有几个人围上去告诉他昨晚的情景，大家都没见到疯子，难道是一场虚惊？

　　当他坐在小客轮里时，曾想象在老邮政弄疯子住所前围满着人的情景。可当他走进老邮政弄时，看到的却是与往常一样的情景。弄里十分安静，只有几位老太太在生煤球炉，煤烟在弄堂里弥漫着。此刻是下午两点半的时候。

一个老太太走上去对他说："昨晚上不知是哪个该死的在乱叫疯子回来了。"

马哲一直走到疯子的住所前，那窗上没有玻璃，糊着一层塑料纸，塑料纸上已经积了厚厚一层灰尘。马哲在那里转悠了一会，然后朝弄口走去。

来到街上他看到派出所的一个民警正走过来，他想逃避已经来不及了，因为民警叫着他的名字走了上来。

"你来了？"民警笑着说。

马哲点了点头。

"你知道吗？昨晚上大家虚惊一场。说是疯子又回来了，结果到今天才知道是一场恶作剧。我们找到了那个昨晚在街上乱叫的人，可他也说是听别人说的。"

"我听说了。"马哲说。

然后那民警问："你来有事吗？"

马哲迟疑了一下，说："有一点私事。"

"要我帮忙吗？"民警热情地说。

"已经办好了，我这就回去。"马哲说。

"可是下一班船要三点半才开，还是到所里去坐坐吧。"

"不，"马哲急忙摇了摇手，说，"我还有别的事。"然后就走开了。

几分钟以后，马哲已经来到了河边。河边一如过去那么安静，马哲也如过去一样沿着河边慢慢走去。

此刻阳光正在河面上无声地闪耀，没有风，于是那长长倒垂的柳树像是布景一样。河水因为流动发出了掀动的声音。马哲看到远处那座木桥像是一座破旧的城门。有两个孩子坐在桥上，脚在桥下晃荡着，他们手中各拿着一根钓鱼竿。

没多久，马哲就来到了小河转弯处，这是一条死河，它是那条繁忙的河流的支流。这里幽静无比。走到这里时，马哲站住脚仔细听起来。他听到了轻微却快速的说话声。于是他走了过去。

疯子正坐在那里，身上穿着精神病医院的病号服。他此刻正十分舒畅地靠在一棵树上，嘴里自言自语。他坐的那地方正是他三次作案的现场。

马哲看到疯子，不禁微微一笑，他说："我知道你在这里。"

疯子没有答理，继续自言自语，随即他像是愤怒似的大叫大嚷起来。

马哲在离他五米远的地方站住。然后扭过头去看看那条河和河那边的田野接着又朝那座木桥望了一会，那两个孩子仍然坐在桥上。当他回过头来时，那疯子已经停止说话，正朝马哲痴呆地笑着。马哲便报以亲切一笑，然后掏出手枪对准疯子的脑袋。他扣动了扳机。

三

"你疯啦？"局长听后失声惊叫起来。

"没有。"马哲平静地说。

马哲是在三点钟的时候离开河边的。他在疯子的尸体旁站了一会，犹豫着怎样处理他。然后他还是决定走开，走开时他看到远处木桥上的两个孩子依旧坐着，他们肯定听到了刚才那一声枪响，但他们没注意。马哲感到很满意。十分钟后，他已经走进了镇上的派出所。刚才那个民警正坐在门口。看着斜对面买香蕉的人而打发着时间。当他看到马哲时不禁兴奋地站了起来，问："办完了？"

"办完了。"马哲说着在门口另一把椅子上坐了下来。这时他感到口干舌燥，便向民警要一杯凉水。

"泡一杯绿茶吧。"民警说。

马哲摇摇头，说："就来杯凉水。"

于是民警进屋去拿了一杯凉水，马哲一口气喝了下去。

"还要吗？"民警问。

"不要了。"马哲说。然后他眯着眼睛看他们买香蕉。

"这些香蕉是从上海贩过来的。"民警向马哲介绍。

马哲朝那里看了一会，也走上去买了几斤。他走回来时，民警说："在船里吃吧？"他点点头。

然后马哲看看表，觉得时间差不多了，便对民警说："疯子在河边。"

那民警一惊。

"他已经死了。"

"死了？"

"是被我打死的。"马哲说。

民警目瞪口呆，然后才明白似的说："你别开玩笑。"

但是马哲已经走了。

现在马哲就坐在局长对面，那支手枪放在桌子上。当马哲来到局里时，已经下班了，但局长还在。起先局长也以为他在开玩笑，然而当确信其事后局长勃然大怒了。

"你怎么干这种蠢事？"

"因为法律对他无可奈何。"马哲说。

"可是法律对你是有力的。"局长几乎喊了起来。

"我不考虑这些。"马哲依旧十分平静地说。

"但你总该为自己想一想。"局长此刻已经坐不住了，他烦躁地在屋内走来走去。

马哲像是看陌生人似的看着他，仿佛没有听懂他的话。

"可你为什么不这样想呢？"

"我也不知道。"马哲说。

局长不禁叹了口气，然后又在椅子上坐下来。他难过地问马哲："现在怎么办呢？"

马哲说："把我送到拘留所吧。"

局长想了一下，说："你就在我办公室待着吧。"他用手指一指那折叠钢丝床，"就这样睡吧，我去把你妻子叫来。"

马哲摇摇头，说："你这样太冒险了。"

"冒险的是你，而不是我。"局长吼道。

四

妻子进来的时候，刚好有一抹霞光从门外掉了进去。那时马哲正坐在钢丝床上，他没有去想已经发生的那些事，也没想眼下的事。他只是感到心里空荡荡的，所以他竟没听到妻子走进来的脚步声。

是那边街道上有几个孩子唱歌的声音使他猛然抬起头来，于是他看到妻子就站在身旁。他便站起来，他想对她表示一点什么，可他重又坐了下去。

她就将一把椅子拖过来，面对着他坐下。她双手放在腿上，这个坐姿是他很熟悉的，他不禁微微一笑。

"这一天终于来了。"她说。同时如释重负似的松了口气。

马哲将被子拉过来放在背后，他身体靠上去时感到很舒服。于是他就那么靠着，像欣赏一幅画一样看着她。

"从此以后，你就不再会半夜三更让人叫走，你也不会时常离家了。"她脸上露出了心满意足的神色。

她继续说："尽管你那一枪打得真蠢，但我还是很高兴，我以后再也不必为你担忧了，因为你已经不可能再干这一行。"

马哲转过脸去望着门外，他似乎想思索一些什么，可脑子里依旧空荡荡的。

"就是你要负法律责任了。"她忧伤地说，但她很快又说，"可我想不会判得太重的，最多两年吧。"

他又将头转回来，继续望着他的妻子。

"可我要等你两年。"她忧郁地说，"两年时间说短也短，可说长也真够长的。"

他感到有些疲倦了，便微微闭上眼睛。妻子的声音仍在耳边响着，那声音让他觉得有点像河水流动时的声音。

五

医生是一个五十多岁的男子，他有着一双忧心忡忡的眼睛。他从门外走进来时仿佛让人觉得他心情沉重。马哲看着他，心想这就是精神病医院的医生。

昨天这时候，局长对马哲说："我们为你找到了一条出路，明天精神病医生就要来为你诊断，你只要说些颠三倒四的话就行了。"

马哲似听非听地望着局长。

"还不明白？只要能证明你有点精神失常，你就没事了。"

现在医生来了，并在他对面坐了下来，局长和妻子坐在他身旁。他感到他俩正紧张地看着自己，心里觉得很滑稽。医生也在看着他，医生的目光很忧郁，仿佛他有什么不快要向马哲倾吐似的。

"你是哪一年出生的？"

他看到医生的嘴唇嚅动了一下，然后有一种声音飘了过来。

"你哪一年出生的？"医生重新问了一句。

余华作品

他听清了，便回答："五一年。"

"姓名？"

"马哲。"

"性别？"

"男。"

马哲觉得这种对话有点可笑。

"工作单位？"

"公安局。"

"职务？"

"刑警队长。"

尽管他没有朝局长和妻子看，但他也已经知道了他们此刻的神态。他们此刻准是惊讶地望着他。他不愿去看他们。

"你什么时候结婚的？"医生的声音越来越忧郁。

"八一年。"

"你妻子是谁？"

他说出了妻子的名字，这时他才朝她看了一眼，看到她正怔怔地望着自己。他不用去看局长，也知道他现在的表情了。

"你有孩子吗？"

"没有。"他回答，但他对这种对话已经感到厌烦了。

"你哪一年参加工作的？"

马哲这时说："我告诉你，我很正常。"

医生没理睬，继续问："你哪一年出生的？"

"你刚才已问过了。"马哲不耐烦地回答。

于是医生便站了起来，当医生站起来时，马哲看到局长已经走到门口了，他扭过头去看妻子，她这时正凄凉地望着自己。

六

医生已经是第四次来了。医生每一次来时脸上的表情都像第一次，而且每一次都是问着同样的问题。第二次马哲忍着不向他发火，而第三次马哲对他的问话不予理睬。可他又来了。

妻子和局长所有的话，都使马哲无动于衷。只有这个医生使他心里很不自在。当医生迈着沉重的脚步，忧心忡忡地在他对面坐下来时，他立刻垂头丧气了。他试图从医生身上找出一些不同于前三次的东西。可医生居然与第一次来时一模一样的神态。这使马哲感到焦躁不安起来。

"你哪一年出生的？"

又是这样的声音，无论是节奏还是音调都与前三次无异。这声音让马哲觉得连呼吸都有些困难。

"你哪一年出生的？"医生又问。

这声音在折磨着他。他无力地望了望自己的妻子。她正鼓励地看着他。局长坐在妻子身旁，局长此刻正望着窗外。他感到再也无法忍受了，他觉得自己要吼叫了。

"八一年。"马哲回答。

随即马哲让自己的回答吃了一惊。但不知为何他竟感到如释重负一样轻松起来。于是他长长地舒了一口气。

医生继续问："姓名？"

马哲立刻回答了妻子的姓名。随后向妻子望去。他看到她因高兴和激动眼中已经潮湿。而局长此刻正转回脸来，满意地注视着他。

"工作单位？"

马哲迟疑了一下，接着说："公安局。"随后立即朝局长和妻子望去，他发现他俩明显地紧张了起来，于是他对自己回答的效果感到很满意。

"职务？"

马哲回答之前又朝他们望了望，他们此刻越发紧张了。于是他说："局长。"说完他看到他俩全松了口气。

"你什么时候结婚的？"

马哲想了想，然后说："我还没有孩子。"

"你有孩子吗？"医生像是机器似的问。

"我还没结婚。"马哲回答，他感到这样回答非常有趣。

医生便站起来，表示已经完了。他说："让他住院吧。"

马哲看到妻子和局长都目瞪口呆了，他们是绝对没有料到这一步的。

"让我去精神病医院？"马哲心想，随后他不禁哧哧笑起来，笑声越来越响，不一会他哈哈大笑了。他边笑边断断续续地说："真有意思啊。"

一九八七年五月二十日

一九八六年

多年前，一个循规蹈矩的中学历史教师突然失踪，扔下了年轻的妻子和三岁的女儿。从此他销声匿迹了。经过了动荡不安的几年，他的妻子内心也就风平浪静。于是在一个枯燥的星期天里她改嫁他人，女儿也换了姓名。那是因为女儿原先的姓名与过去紧密相连。然后又过了十多年，如今她们离那段苦难越来越远了，她们平静地生活。那往事已经烟消云散无法唤回。

当时突然失踪的人不只是她丈夫一个。但是"文革"结束以后，一些失踪者的家属陆续得到了亲人的确切消息，尽管得到的都是死讯。唯有她一直没有得到。她只是听说丈夫在被抓去的那个夜晚突然失踪了，仅此而已，告诉她这些的是一个商店的售货员，这人是当初那一群闯进来的红卫兵中的一个。他说："我们没有打他，只是把他带到学校办公室，让他写交待材料，也没有派人看守他，可第二天发现他没了。"她记得丈夫被带走的翌日清晨，那一群红卫兵又闯了进来，是来搜查她的丈夫。那售货员还补充道："你丈夫平时对我们学生不错，所以我们没有折磨他。"

不久以前，当她和女儿一起将一些旧时的报刊送到废品收购站去，在收购站乱七八糟的废纸中，突然发现了一张已经发黄，上面布满斑斑霉点的纸，那纸上的字迹却清晰可见。纸上这样写着：

　　　五刑：墨、劓、剕、宫、大辟。

　　　先秦：炮烙、剖腹、斩、焚……

　　　战国：抽肋、车裂、腰斩……

　　　辽初：活埋、炮掷、悬崖……

　　　金：击脑、棒杀、剥皮……

　　　车裂：将人头和四肢分别拴在五辆车上，以五马驾车，
　　　　　　同时分驰，撕裂躯体。

　　　凌迟：执刑时零刀碎割。

　　　剖腹：剖腹观心。

　　　……

废品收购站里杂乱无章，一个戴老花眼镜的小老头站在磅秤旁。女儿已经长大，她不愿让母亲动手，自己将报刊放到秤座上去。然后掏出手帕擦起汗来，这时她感到母亲从身后慢慢走开，走向一堆废纸。而小老头的眼睛此刻几乎和秤杆凑在了一起。她

觉得滑稽，便不觉微微一笑。随后她蓦然听到一声失声惊叫，当她转过身去时，母亲已经摔倒在地，而且已经人事不省了。

他们把他带到自己的办公室后，让他坐下，又勒令他老老实实写交待材料。然后都走了，没留下看管他的人。

办公室十分宽敞，两支日光灯此刻都亮着，明晃晃的格外刺眼。西北风在屋顶上呼啸着。他就那么坐了很久。就像这幢房屋在惨白的月光下，在西北风的呼啸里默默而坐一样。

他看到自己正在洗脚，妻子正坐在床沿上看着他们的女儿。他们的女儿已经睡去，一条胳膊伸到被窝外面。妻子没有发现，妻子正在发呆。她还是梳着两根辫子，而且辫梢处还是用红绸结了两个蝴蝶结。一如第一次见到她走来一样，那一次他俩擦肩而过。

现在他仿佛看到两只漂亮的红蝴蝶驮着两根乌黑发亮的辫子在眼前飞来飞去。

三个多月前，他就不让妻子外出了。妻子听了他的话，便没再出去过。他也很少外出。他外出时总在街上看到几个胸前挂着扫帚、马桶盖，剃着阴阳头的女人。他总害怕妻子美丽的辫子被毁掉，害怕那两只迷人的红蝴蝶被毁掉。所以他不让妻子外出。

他看到街上整天下起了大雪，那大雪只下在街上。他看到在街上走着的人都弯腰捡起了雪片，然后读了起来。他看到一个人躺在街旁邮筒前，已经死了。流出来的血是新鲜的，血还没有凝固。一张传单正从上面飘了下来，盖住了这人半张脸。那些戴着各种高帽子挂着各种牌牌游街的人，从这里走了过去。他们朝那死人看了一眼，他们没有惊讶之色，他们的目光平静如水。仿佛他们是在早晨起床后从镜子中看到自己一样无动于衷。在他们中间，他开始看到一些同事的脸了。他想也许就要轮到他了。

他看到自己正在洗脚。水在凉下去，但他一点也不觉察。他在想也许就要轮到他了。他发现自己好些日子以来都会无端地发出一声惊叫，那时他的妻子总是转过脸来麻木地看着他。

他看到他们进来了，他们进来以后屋内就响起了杂乱的声音。妻子依旧坐在床沿上，她正麻木地看着他。但女儿醒了，女儿的哭声让他觉得十分遥远，仿佛他正行走在街上，从一幢门窗紧闭的楼房里传出了女儿的哭声。这时他感到水已经完全凉了。然后那杂乱的声音走向单纯，一个人手里拿着一张纸走了过来。纸上写些什么他不知道。他们让他看，他看到了自己的笔迹，还看到了模糊的内容。随即他们把他提了起来，他就赤脚穿着拖鞋来到街上。街上的西北风贴着地面吹来，像是手巾擦脚一样擦干了他的脚。

他打了个寒战，看到桌上铺着一沓白纸。他朝白纸看了一会，然后去摸口袋里的钢笔，于是发现没带笔来。他就站起来到别的桌上去寻找，可所有的桌上都没有笔。他只得重新坐回去，坐回去时看到桌上有了两条手臂的印迹。他才知道自己已有三个多月没有来这里了。桌面上积了厚厚的一层灰尘。他想别的教师大概也有三个多月没来这里了。

他看到自己和很多人一起走进了师院的大门，同时有很多人从里面走出来。他看到自己手里正在翻着一本厚厚的书。那时他对刑罚特别热衷，那时他准备今后离开学校后专门去研究刑罚。他在师院图书馆里翻阅了很多资料，还做了笔记。但那时他恋爱了。那次恋爱没有成功。他的刑罚研究也因此有始无终。后来毕业了，他在整理东西时看到了那张纸。当时他是打算扔掉的，而后来怎样也就从此忘了。现在才知道当初没扔掉。

他看到自己正在洗脚，又看到自己正在师院内走着。同时看到自己正坐在这里。他看到对面墙上有一个很大的身影，那颗头颅看上去像篮球一样大。他就这样看着他自己。看久了，觉得那身影像是一个黑黑的洞口。

他感到响亮的西北风跑进屋里来叫唤了，并且贴在他衣角上叫唤，钻进头发里叫唤。叫唤声还拼命地擦起了他的脸颊。他开始哆嗦，开始冷了。他觉得那风越来越嘹亮。于是他转过脸去看门，门关得很严实。他再去看窗户，窗也关得很严实。

他发现所有的玻璃都像刚刚擦过一样洁净无比，那些玻璃看上去像是没有一样。他觉得费解，桌上蒙了那么厚的灰尘，窗玻璃居然如此洁净。这时他看到了一块破了的玻璃，那破碎的模样十分凄惨。他不由站起来朝那块玻璃走去，那是一种凄惨向另一种凄惨走去。

走到窗前他大吃一惊，他才发现这破碎的竟是唯一幸存的玻璃。其他的窗格里都空空皆无。他不禁伸出手去抚摸，他感到那上面非常粗糙和锐利。摸了一会他觉得有一股热乎乎的东西正在手指尖上微微溢出来。摸着的时候，他看到玻璃正一小块一小块地掉落下去，一声一声清脆的破裂声在他听来如同心碎。不一会，玻璃只剩下一个小小的三角了。

他蓦然看到一双皮鞋对着他微微荡来又微微荡去。他伸出的手立刻缩回，他听到自己的心脏正在咚咚跳得十分激烈。他站住一动不动，看着这双皮鞋幽幽地荡来荡去。接着他发现了两只裤管，裤管罩在皮鞋上面，正在微微地左右飘动着。他猛地推开窗户，于是看到了一具吊着的僵尸。与此同时他听到了一声惊叫，声音来自左前方。他看到黑暗中一棵模糊的树和树底下一个模糊的人影。人影脱离地面，紧张的喘息声从那里飘来，传到他耳中时已经奄奄一息。过了好久他仿佛听到那人影低声嘟哝了一句——"是你"，然后看到那两条胳膊举起来抓住了一个圆圈，接着似乎是脑袋钻了进去。片刻后他听到了一声轻微的凳子被踢倒在地的声音，而一声窒息般的低语马上接踵而至。他扶着窗沿慢慢地倒了下去。

很久以后，他渐渐听到了一种野兽般的吼声。那声音逐步接近，同时又在慢慢扩散，不一会声音如巨浪般涌来了。

他猛地从地上跳起来，凝神细听。他听到屋外一片鬼哭狼嚎，仿佛有一群野兽正在将他包围。这声音使他异常兴奋。于是他在屋内手舞足蹈地跳来跳去，嘴里发出的吼声使他欣喜若狂。他想冲出去与那吼声汇合，却又不知从何处冲出去。而此刻屋外吼声正在越来越响亮，这使他心急火燎却又不知所措。他只能在屋内跳着吼着。后来累了，便一屁股坐在了刚才那个座位上，呼哧呼哧地喘气了。

这时他看到了墙上的身影，于是他看到了一个使他得以冲出去的黑洞。他立刻站了起来，朝那黑洞冲出，可冲到跟前他猛然收住了脚。他发现那黑洞一下子变小了。他满腹狐疑地重又退到原处，犹豫了片刻他才慢慢地重新走过去。他看到黑洞也在慢慢小起来。走到跟前时他发现黑洞和他人一样大小了。他疑惑地看了很久，肯定了黑洞没再变小，黑洞仍容得下他的身体后，便一头撞了过去。他又摔倒在地。

　　一阵狂风此刻将门打开，门重重地打在墙上，发出吱吱的骨折般的声音。风从门口蜂拥而进，又立刻在屋内快速旋转了起来。

　　他从地上昏昏沉沉爬起来，对着门口昏昏沉沉地站了一会。然后他看到了一个长方形的黑洞。他小心翼翼地朝黑洞走去，走到跟前时他又满腹狐疑了。因为这次黑洞没有变小。这次他没再一头撞去，而是十分小心地伸过去一个手指。他感到手指已经进入黑洞了，然后手臂也进去了。于是他侧着身体更加小心地往黑洞里挤了进去。随即他感到自己已经逃脱了，因为他感到自己进入了漆黑而且广阔无比的空间。

　　那吼声此刻更为热烈更为响亮，于是他也就更为热烈更为响亮地吼了起来，跳了起来，同时他朝声音跑去。尽管有各种各样大小不一的黑影阻挡了他的去路，但他都巧妙地绕过了它们。片刻后他就跑到了大街上。他收住脚步，辨别起声音传来的方向。他感到那声音似乎是从四面八方奔腾而来的。一时间他不知所措，他不知该往何处去。随后他看到东南方火光冲天，那火光看上去像是一堆晚霞。他就朝着火光跑了过去。越跑声音越响，然

　　　　　　　　　　　　　　　　　　　余华作品

后他来到了那吼声四起的地方。

一座巨大的楼房正在熊熊燃烧。他看到燃烧的火中有无数的人扭在一起，同时无数人正在以各种姿态掉落下来。他在桥上吼着跳着，同时还哈哈狂笑。在一阵像下雨般掉下了一批批人后，他看到楼房没有了，只有一堆巨大的熊熊燃烧的火。这情景叫他异常激动。他在桥上拼命地吼，拼命地跳。随即他听到了轰隆一声巨响。他看到这堆火突然变矮了，也变得宽阔了。他发现火离自己越来越近了，火像水一样漫涌过来。这时他感到累了，他便在桥栏上坐了下来，不再喊叫，不再跳跃。但他依然兴致勃勃地看着这堆火。慢慢地这堆火开始分裂，分裂成一小堆一小堆了。他一直看着火势渐渐熄灭。

火势熄灭后，他才从栏杆上跳下来，开始往回走，走了几步重新走回来，站了一会他又往回走。他在桥上走来走去。

后来黎明来临了，早霞开始从漆黑的东方流出来，太阳还没有升起，但是一片红光已经燃烧着升腾而起了。于是他看到了一堆火在遥远的地方燃烧起来，于是他又吼叫了，并且吼叫着朝那里跑去。

从废品收购站回来后，她就变得恍恍惚惚起来。这天夜晚，她听到了一个奇妙的脚步声。那时没有月光，屋外一片漆黑而且寂静无声。就在这个时候，她听到一个脚步声从远处嚓嚓走来，那声音既像是擦地而来，又让人感到是腾空走来。而且那声音始终没有来到近旁，始终停留在远处。但她已经听出来了，是谁的脚步声。

此后的几个夜晚，她都听到了那种脚步声。那声音让她心惊肉跳，让她撕心裂肺地喊叫起来。

当初丈夫就是在这样一个漆黑的晚上被带走的。那一群红卫兵突然闯进门来的情景和丈夫穿着拖鞋嚓嚓离去时的声音，已经和那个黑夜永存了。十多年了，十多年来每个夜晚都是一样的漆黑，黑夜让她不胜恐惧。就这样，十多年来她精心埋葬掉的那个黑夜又重现了。

这一天，当她和女儿一起走在街上时，她突然看到了自己躺在阳光下漆黑的影子。那影子使她失声惊叫。那个黑夜居然以这样的形式出现了。

一

那人一瘸一拐地走进了这座小镇。那是初春时节。一星期前一场春雪浩荡而来，顷刻之间将整座小镇埋葬。然而接下去阳光灿烂了一个星期，于是春雪又在几日之内全面崩溃。如今除了一些阴暗处尚残留一些白色外，其他各处都开始生机勃勃了。几日来，整个小镇被一片滴答滴答的声音所充塞，那声音像是弹在温暖的阳光上一样美妙无比。这春雪融化的声音让人们心里轻松又愉快，而每一个接踵而至的夜晚又总是群星璀璨，让人在入睡前对翌日的灿烂景象深信不疑。

于是关闭了一个冬天的窗户都纷纷打开来了，那些窗口开始出现了少女的嘴唇，出现了一盆盆已在抽芽的花。风也不再从西北方吹来，不再那么寒冷刺骨。风开始从东南方吹来了，温暖又潮湿。吹在他们脸上滋润着他们的脸。他们从房屋里走了出来，又从臃肿的大衣里走了出来。他们来到了街上，来到了春天里，他们尽管还披着围巾，可此刻围巾不再为了御寒，开始成了装饰。他们感到衣内紧缩的皮肤正在慢慢松懈，而插在口袋里的双手也在微微渗汗了。于是就有人将双手伸出来，于是他们就感到阳光正在手上移动，感到春风正从手指间有趣地滑过，也是在这个时候，他们看到了河两岸那些暗淡的柳树突然变得嫩绿无比，而这些变化仅仅只是在一个星期里完成的。此刻街上自行车的铃声像阳光一样灿烂，而那一阵阵脚步声和说话声则如潮水一样生动。

那人就是在这个时候走进小镇的。他的头发像瀑布一样披落下来，发梢在腰际飘荡。他的胡须则披落在胸前，胡须遮去了他三分之二的脸。他的眼睛浮肿又混浊。他就这样一瘸一拐走进了小镇，那条裤子破旧不堪，膝盖以下只是飘荡着几根布条而已。上身赤裸，披着一块麻袋。那双赤裸的脚看上去如一张苍老的脸，那一道道长长的裂痕像是一条条深深的皱纹，裂痕里又嵌满了黑黑的污垢。脚很大，每一脚踩在地上的声音，都像是一巴掌拍在脸上。他也走进了春天，和他们走在一起。他们都看到了他，但他们谁也没有注意他，他们在看到他的同时也在把他忘掉。他们尽情地在春天里走着，在欢乐里走着。

女孩子往漂亮的提包里放进了化妆品，还放进了琼瑶小说。在宁静的夜晚来临后，她们坐到镜前打扮自己，打扮得漂漂亮亮后就捧起了琼瑶的小说。她们嗅着自己身上的芬芳去和书中的主人公相爱。

男孩子口袋里装着万宝路，装着良友，天还没黑便已来到了街上，深更半夜时他们还在街上。他们也喜欢琼瑶，他们在街上寻找琼瑶书中的女主人公。

没待在家中的女孩子，没在街上闲逛的男孩子，他们则拥入影剧院，拥入工会俱乐部，还拥入夜校。他们坐在夜校课桌边多半不是为了听课，是为了恋爱。因为他们的眼睛多半都没看着黑板，多半都在搜寻异性。

老头们那个时候还坐在茶馆里，他们坐了一天了，他们坐了十多年、几十年了。他们还要坐下去。他们早已过了走的年龄。他们如今坐着就跟当初走着一样地心满意足。

老太太们则坐在家中，坐在彩电旁。她们多半看不懂在演些什么，她们只是知道屏幕上的人在出来进去。就是看着人出来进去，她们也已经心满意足。

往那些敞着的窗口看看吧，沿着这条街走，可以走进两边的胡同。将会看到什么，将会听到什么，而心里又将会想起什么。

十多年前那场浩劫如今已成了过眼烟云，那些留在墙上的标语被一次次粉刷给彻底掩盖了。他们走在街上时再也看不到过去，他们只看到现在。现在有很多人都在兴致勃勃地走着，现在有很多自行车在响着铃声，现在有很多汽车在掀起着很多灰尘。现在有一辆装着大喇叭的面包车在慢慢地驰着，喇叭里在宣传着计划生育，宣传着如何避孕。现在还有另一辆类似的面包车在慢

120

慢地驰着，在宣传着车祸给人们生活带来的不幸，街道两旁还挂着牌牌，牌牌上的图画和照片吸引了他们。他们现在知道已经人满为患了，他们中间很多人都掌握了好几套避孕方法。他们现在也懂得了车祸的危害。他们知道尽管人满为患，可活着的人还是应该活得高高兴兴，千万不能让车祸给葬送了。他们看到中学生都牺牲了自己的星期天，站到桥边，站到转弯处来维持交通秩序了。

那人就是在这个时候出现的，他一瘸一拐地走进了小镇。

他看到前面有一个人躺着，就躺在脚前，那人的脚就连着自己的脚。他提起自己的脚去踢躺着的脚。不料那脚猛地缩了回去。当他把脚放下时，那脚又伸了过来，又和他的脚连在了一起。他不禁兴奋起来，于是悄悄地将脚再次提起来，他发现地上的脚同时在慢慢退缩，他感到对方警觉了，便将脚提着不动，看到对方的脚也提着不动后，他猛地一脚朝对方的腰部踩去。他听到一声沉重的响声，定睛一瞧，那躺着的人依旧完好无损，躺着的脚也依旧连着他的脚。这使他怒气冲冲了，于是他眼睛一闭，拼命地朝前奔跑了起来，两脚拼命地往地上踩。跑了一阵再睁眼一看，那家伙还躺在他前面，还是刚才的模样。这让他沮丧万分，他无可奈何地朝四周张望。此刻阳光照在他的背脊上，那披着的麻袋反射出粗糙的光亮。他看到右前方有一汪深绿的颜色，于是他思索起来，思索的结果是脸上露出滞呆的笑意。他悄悄地往那一汪深绿走去。他发现那躺着的人斜过去了一点，他就走得更警觉了。那斜过去的人没有逃跑，而是擦着地面往池塘滑去，走近了，他看到那人的脑袋掉进了池塘，接着身体和四肢也掉了进去。他站在塘沿上，看到那家伙浮在水面上没往下沉，便弯腰捡起一块大石头打了下去。他看到那人被打得粉身碎骨后，才心满意足地转过身去。一大片金色的阳光猛然刺来，让他头晕眼花。但他没闭上眼睛，相反却是抬起了头。于是他看到了一颗辉煌的头颅，正在喷射着鲜血。

他仰着头朝那颗高悬在云端的头颅走去，他看到头颅退缩着隐藏到了一块白云的背后，于是白云也闪闪发亮了。那是一块慢慢要燃烧起来的棉花。

他是在那个时候放下了头，于是他的视线中出现了一个巨大的障碍。他不能像刚才那样远眺一望无际的田野，因为他走近了一座小镇。

这巨大的障碍突然出现，让他感到是一座坟墓的突然出现。他依稀看到阳光洒在上面，又像水一样四溅开去。然而他定睛观瞧后，发现那是很多形状不一的小障碍聚集在一起。它们中间出现了无数有趣的裂隙，像是用锯子锯出来似的。阳光掉了进去，像是尘土撒了进去，无声无息。

此刻他放弃了对逃跑的太阳的追逐，而走上了一条苍白的路。因为两旁梧桐树枝紧密地交叉在一起，阳光被阻止在树叶上，所以水泥路显得苍白无力，像一根新鲜的白骨横躺在那里。猛然离开热烈的阳光而走了这里，仿佛进入阴森的洞穴。他看到每隔不远就有两颗人头悬挂着，这些人头已经流尽了鲜血，也成了苍白。但他仔细瞧后，又觉得这些人头仿佛是路灯，他知道当四周黑暗起来后，它们会突然闪亮，那时候里面又充满流动的鲜血了。

有几个一样颜色的人在迎面走来，他们单调的姿态也完全一样。那时他听到了古怪的声音，然后看到有两个人走到了一起。他们就在他前面站住不动，于是他也站住不动。他听到刚才那种声音在四溅开来。随后他看到一个瘸子在前面走着，瘸子的走姿深深吸引了他。比起此刻所有走着的人来，瘸子走得十分生动。因此他扔开了前面这两个人，开始跟着瘸子走了。

不一会他感到四周一下子热烈起来，他看到四周一片金黄，刚才看到的那些灰暗的人体，此刻竟然闪闪发亮了。他不禁仰起头来，于是又看到了那辉煌的头颅。现在他认出刚才看到的障碍其实是楼房，因为他认出了那些敞着的窗和敞着的门。很多人在门口进进出出。出来的那些人有的走远了，有的经过他的身旁。他嗅到一股暖烘烘的气息，这气息仿佛是从屠宰场的窗口散发出来。他行走在这股气息中，呼吸很贪婪。

后来他走到了河边，因为阳光的照射，河水显得又青又黄。他看到的仿佛是一股脓液在流淌，有几条船在上面漂着，像尸体似的在上面漂着。同时他注意到了那些柳树，柳枝恍若垂下来的头发。这些头发几经发酵，才这么粗这么长。他走上前去抓一根柳枝与自己的头发比较起来。接着又扯下一根拉直了放在地上，再扯下一根自己的头发也拉直了放在地上。又十分认真地比较了一阵。结果使他沮丧不已。于是他就离开了它们，走到了大街上。

他看到有两根辫子正朝他飘来，他看到是两只红蝴蝶驮着辫子朝他飞来。他心里涌上了一股奇怪的东西，他不由朝辫子迎了上去。

那一家布店门庭若市，那是因为春天唤醒了人们对色彩的渴求。于是在散发着各种颜色的布店里，声音开始拥挤起来，那声音也五彩缤纷。她们多半是妙龄女子。她们渴望色彩就如渴望爱情。她们的母亲也置身于其中，母亲们看着这缤纷的色彩，就如看着自己的女儿，也如看着自己已经远去还在远去的青春。在这里，两代人能共享欢乐，无须平分。

她带着无比欢乐从里面走出来，左边是她的伙伴。她的两根辫子轻轻摆动。原先她不是梳着辫子，原先她的头发是披着的。她昨天才梳出了这两根辫子。那是她看到了一张母亲年轻时的照片，她发现梳着辫子的母亲格外漂亮。于是她也梳起了两根辫子，结果她大吃一惊。她又往辫子上结了两个红蝴蝶结，这更使她惊讶。现在她正喜悦无比地走了出来，她的喜悦一半来自布店，一半来自脑后微微晃动的辫子。她知道辫子晃动时，那两只红蝴蝶便会翩翩飞舞了。

可是迎面走来一个疯子，疯子的模样叫她吃惊，叫她害怕。她看到他正朝自己古怪地笑着，嘴角淌着口水。她不由惊叫一声拔腿就跑，她的伙伴也惊叫一声拔腿就逃。她们跑出了很远，跑到转了个弯才收住脚。然后两人面面相觑，接着咯咯大笑起来，笑得前仰后合。

她的伙伴说："春天来了，疯子也来了。"

她点点头。然后两人分手了，分手的时候十分亲密地拉了拉手，接着就各自回家。

她的家就在前面，只要在这条洒满阳光洒落各种声音的街上再走二十步。那里有一家钟表店，里面的钟表闪闪发亮，一个老头永远以一种坐姿坐了几十年。朝那戴着老花眼镜的老头望一眼，就可以转弯了，转进一条胡同。胡同里也洒满阳光，也走上二十步，她就可以看到那幢楼房了，她就可以看到自己家中那敞开的玻璃窗如何闪闪烁烁了。不知为何她开始心情沉重起来，越往家走越沉重。

母亲独自坐在家中，脸色苍白，她知道母亲又在疑神疑鬼了。母亲近来屡屡这样，母亲已有三天没去上班了。

她问母亲："是不是昨天晚上又听到脚步声了？"

母亲无动于衷，很久后才抬起头来，那双眼睛十分惊恐。

"不，是现在。"母亲说。

她在母亲身后站了一会，她感到心烦意乱，于是她就走向窗口。在那里能望到大街，在大街上她能看到自己的欢乐。可是她却看到一个头发披在腰间、麻袋盖在背脊上、正一瘸一拐走着的背影。她不由哆嗦了一下，不由恶心起来。她立刻离开窗口。这时她听到楼梯在响了，那声音非常熟悉，十多年来纹丝未变。她知道是父亲回来了。她立刻变得兴奋起来，赶紧跑过去将门打开。那声音蓦然响了很多，那声音越来越近。她看到了父亲已经花白的头发，便欢快地叫了一声，然后迎了上去。父亲微笑着，用手轻轻在她头上拍了一下，和她一起走进家中。

她感到父亲的手很温暖，她心想自己只有这么一个父亲。她记得自己七岁那年，有一个大人朝她走来，送给了她一个皮球。母亲告诉她："这是你的父亲。"从此他和她们生活在一起了。他每天都让她感到亲切，感到温暖。可是不久前，母亲突然脸色苍白地对她说："我夜间常常听到你父亲走来的脚步声。"她惊愕不已，当知道母亲指的是另一个父亲时，不禁惶恐起来。这另一个父亲让她觉得非常陌生，又非常讨厌。她心里拒绝他的来到，因为他会挤走现在的父亲。

她感到父亲轻快的脚步一迈入家中就立刻变得沉重起来，那时候母亲正抬起头来惊恐不安地望着他。她发现母亲的脸色越来越苍白了。

二

那时候黄昏已经来临，天色正在暗下来。一个戴着大口罩的清洁工人在扫拢着一堆垃圾。扫帚在水泥地上扫过去，发出了一种刷衣服似的声音，扬起的灰尘在昏暗中显得很沉重。此刻街上行人寥寥，而那些开始明亮起来的窗口则蒸腾出了热气，人声从那里缥缈而出。街旁商店里的灯光倾泻出来，像水一样流淌在街道上，站在柜台里暂且无所事事的售货员那懒洋洋的影子，被拉长了扔在道旁。那个清洁工人此刻从口袋里掏出了火柴，划亮了那堆垃圾。

他看到一堆鲜血在熊熊燃烧，于是阴暗的四周一片明亮了。他走到燃烧的鲜血旁，感到噼噼啪啪四溅的鲜血有几滴溅到了他的脸上，跟火星一样灼烫。这时他感到自己手中正紧握着一根铁棒，他将手中的铁棒伸了过去，但又立刻缩回。他感到只一瞬间工夫铁棒就烧红了，握在手中手也在发烫。此刻那几个人正战战兢兢地走过来，于是他将铁棒在半空中拼命地挥舞了起来，他仿佛看到一阵阵闪烁的红光。那几个人仍在战战兢兢地走过来，他们没有逃跑是因为不敢逃跑。于是他停止了挥舞，而将铁棒刺向走来的他们。他仿佛听到一声漫长几乎是永无止境的"嗞——"的声音，同时他仿佛看到几股白烟正升腾而起。然后他将铁棒浸入黑黑的墨汁中，提出来后去涂那些已被刺过的疮口，通红通红的疮口立刻都变得黝黑无比。他们就这样战战兢兢地走了过去。这时疯子心满意足地大喊一声："墨！"

那几个人走过去的时候，显然看到了这个疯子。看到疯子将手伸入火堆之中，又因为灼烫猛地缩回了手。然后又看到疯子的手臂如何在挥舞，挥舞之后又如何朝他们指指点点。他们还看到疯子弯下腰把手指浸入道旁一小摊积水中，伸出来后再次朝他们指指点点。最后他们听到了疯子那一声古怪的叫喊。

所有一切他们都看到都听到，但他们没有工夫没有闲心去注意疯子，他们就这样走了过去。

往往是这样，所有地方尚在寂静之中时，影剧院首先热烈起来了。它前面那块小小的空地已经被无数双脚分割，还有无数双脚正从远处走来，于是他们又去分割那条街道。那个时候电影还没有开映，口袋里装着电影票的人正抽着烟和没有电影票的人闲聊。而没有电影票的人都在手中举着一张钞票，朝那些新加入进来的人晃动。售票窗口已经挂出了"满"的招牌，可仍然有很多人挤在那里，他们假设那窗口会突然打开，几张残余的票会突然出现在里面。他们的脚下有一些纽扣散乱地躺着，纽扣反映出了刚才他们在这里拼抢的全部过程。这个时候一些人从口袋里拿出电影票进去了，他们进去时没有忘记向那些无票的打个招呼。于是那人堆开始出现空隙，而且越来越大。最后只剩下那些手里晃动着钞票的人，就是这时候他们仍然坚定地站在那里，尽管电影已经开演。

他感到自己手中挥舞着一把砍刀，砍刀正把他四周的空气削成碎块。他挥舞了一阵子后就向那些人的鼻子削去，于是他看到一个个鼻子从刀刃里飞了出来，飞向空中。而那些没有了鼻子的鼻孔仰起后喷射出一股股鲜血，在半空中飞舞的鼻子纷纷被击落下来。于是满街的鼻子乱哄哄地翻滚起来。"剐！"他有力地喊了一声，然后一瘸一拐走开了。

那时候，有一个人手里举着几张电影票出现了，于是所有的人都一拥而上。那人求饶似的拼命叫喊声离疯子越来越远。

咖啡厅里响着流行歌曲，歌曲从敞着的门口流到街上，随着歌曲从里面流出了几个年轻人。他们嘴里叼着万宝路，鼻子里哼着歌曲来到了街上。他们是天天要到这里来的，在这里喝一杯雀巢咖啡，然后再走到街上去。在街上他们一直要逛到深更半夜。他们在街上不是大声说话，就是大声唱歌。他们希望街上所有的人都注意他们。

他们走出咖啡厅时刚好看到了疯子，疯子正挥舞着手一声声喊叫着"挏"走来。这情景使他们哈哈大笑。于是他们便跟在了后面，也装着一瘸一拐，也挥舞着手，也乱喊乱叫了。街上行走的人有些站下来看着他们，他们的叫唤便更起劲了。然而不一会他们就已经精疲力竭，他们就不再喊叫，也不再跟着疯子。他们摸出香烟在路旁抽起来。

砍刀向那些走来的人的膝盖砍去了，砍刀就像是削黄瓜一样将他们的下肢砍去了一半。他看到街上所有人仿佛都矮了许多，都用两个膝盖在行走了。他感到膝盖行走时十分有力，敲得地面咚咚响。他看到满地被砍下的脚正在被那些膝盖踩烂，像是碾过一样。

街道是在此刻开始繁荣起来的。这时候月光灿烂地飘洒在街道上，路灯的光线和商店里倾泻而出的光线交织在一起，组成了像梧桐树阴影一般的光块。很多双脚在上面摆动，于是那组合起来的光亮时时被打碎，又时时重新组合。街道上面飘着春夜潮湿的风和杂乱的人之声。这个时候那些房屋的窗口尽管仍然亮着灯光，可那里面已经冷清了，那里面只有一两个人独自或者相对而坐。更多的他们此刻已在这里漫步。他们从商店的门口进进出出，在街道上来来往往。

他看到所有走来的人仿佛都赤身裸体。于是刀向那些走来的男子的下身削去。那些走来的男子在前面都长着一根尾巴，刀砍向那些尾巴。那些尾巴像沙袋似的一个一个重重地掉在地上，发出沉闷的响声。破裂后从里面滚出了奇妙的小球。不一会满街都是那些小球在滚来滚去，像是乒乓球一样。

她从商店里走出来时，看到街上的人像两股水一样在朝两个方向流去，那些脱离了人流而走进两旁商店的人，看去像是溅出来的水珠。这时候她看到了那个疯子，疯子正一瘸一拐地走在行人中间，双手挥舞着，嘴里沙哑地喊叫着"宫"。但是走在疯子身旁的人都仿佛没有看到他，他们都尽情地在街上走着。疯子沙哑的喊叫被他们杂乱的人声时而淹没。疯子从她身旁走了过去。

她开始慢慢往家走去，她故意走得很慢。这两天来她总是独自一人出来走走，家中的寂静使她难以忍受，即便是一根针掉在地上的声音，也会让她吓一跳。

尽管走得很慢，可她还是觉得很快来到了家门口。她在楼下站了一会，望了望天上的星光，那星光使此刻的天空璀璨无比。她又看起了别家明亮的窗户，轻微的说话声从那里隐约飘出。她在那里站了很久，然后才慢吞吞地沿着楼梯走了上去。

她刚推开家门时，就听到了母亲的一声惊叫："把门关上。"她吓了一跳，赶紧关上门。母亲正头发蓬乱地坐在门旁。

她在母亲身旁站着，母亲惊恐地对她说："我听到了他的叫声。"

她不知该对母亲说些什么，只是无声地站着。站了一会她才朝里屋走去。她看到父亲正坐在窗前发呆。她走上去轻轻叫了一声，父亲只是心不在焉地嗯了一声，继续发呆。而当她准备往自己屋里走去时，父亲却转过头来对她说："你以后没事就不要出去了。"说完，父亲转回头去又发呆了。

她轻轻答应一声后便走进了自己的房间，在床上坐了下来。四周非常寂静，听不到一丝声响。她望着窗户，在明净的窗玻璃上有几丝光亮在闪烁，那光亮像是水珠一般。透过玻璃她又看到了遥远的月亮，此刻月亮是红色的。然后她听到了自己的眼泪掉在胸口上的声音。

三

铁匠铺里火星四溅，叮叮当当的声音也在四溅，那口炉子正在熊熊燃烧，两个赤膊的背脊上红光闪闪，汗水像蚯蚓似的爬动着，汗水也在闪闪发光。

疯子此时正站在门口，他的出现使他们吓了一跳，于是锤声戛然而止，夹着的铁块也失落在地。疯子抬腿走了进去，咧着嘴古怪地笑着，走到那块掉在地上的铁块旁蹲了下去。刚才还是通红的铁块已经迅速地黑了下来，几丝白烟在袅袅升起。疯子伸出手去抓铁块，一接触到铁块立刻响出一声嗤的声音，他猛地缩回了手，将手放进嘴里吮吸起来。然后再伸过去。这次他猛地抓起来往脸上贴去，于是一股白烟从脸上升腾出来，焦臭无比。

两个铁匠吓得大惊失色，疯子却是大喊一声："墨！"接着站起来心满意足地走了出去。他一瘸一拐地走出了胡同，然后在街旁站了一会，接着往右走了。这时候一辆卡车从他身旁驶过，扬起的灰尘几乎将他覆盖。他走到了街道中央，继续往前走。走了一阵他收住腿，席地而坐了。那时有几个人走到他身旁也站住，奇怪地望着他。另外还有几个人正十分好奇地走来。

母亲已经有一个来月没去上班了。这些日子以来，母亲整天都是呆呆地坐在房间里，不言不语。因为她每次外出回来推开家门时，母亲都要惊恐地喊叫，父亲便要她没事别出去了。于是从那以后她就不再外出，就整日整日地呆在自己房间里。父亲是要去上班的，父亲是早晨出去到晚上才回来，父亲中午不回家了。她独自而坐时，心里十分盼望伙伴的来到。可伙伴来了，来敲门了，她又不敢去开门。因为母亲坐在那里吓得直哆嗦，她不愿让伙伴看到母亲的模样。可当她听到伙伴下楼去的脚步声时，却不由流下了眼泪。

近来母亲连亮光都害怕了，于是父亲便将家中所有的窗帘都拉上。窗帘被拉上，家中一片昏暗。她置身于其间，再也感受不到阳光，感受不到春天，就连自己的青春气息也感受不到了。

可是往年的现在她是在街上走着的，是和父母走在一起。她双手挽着他们在街上走着的时候，总会遇上一些父母的熟人走来。他们总是开玩笑地说："快把她嫁出去吧。"而父亲总是假装严肃地回答："我的女儿不嫁任何人。"母亲总是笑着补充一句："我们只有这么一个女儿。"

那年父亲拿着一个皮球朝她走来，从此欢乐便和她在一起了。多少年了，他们三人在一起时总是笑声不断。父亲总是那么会说笑话，母亲竟然也学会了，她则怎么也学不会。好几次三人一起出门时，邻居都用羡慕的口气说："你们每天都有那么多高兴事。"那时父亲总是得意洋洋地回答："那还用说。"而母亲则装出慷慨的样子说："分一点给你们吧。"她也想紧跟着说句什么，可她要说的没有趣，因此她只得不说。

可是如今屋里一片昏暗，一片寂静。哪怕是三人在一起时，也仍是无声无息。好几次她太想去和父亲说几句话，但一看到父亲也和母亲一样在发呆，她便什么也不说了，她便走进自己的房间将门关上。然后走到窗前，掀开窗帘的一角偷偷看起了那条大街。看着街上来来往往的人，看着有几个人站在人行道上说话，他们说了很久，可仍没说完。当看到几个熟人的身影时，她偷偷流下了眼泪。

那么多天来，她就是这样在窗前度过的。当她掀开窗帘的一角时，她的心便在那春天的街道上行走了。

此刻她就站在窗前，通过那一角玻璃。她看到街上的行人像蚂蚁似的在走动，然后发现他们走到了一起，他们围了起来。她看到所有走到那里的人都在围上去，她发现那个圈子在厚起来了。

他在街道上盘腿而坐，头发披落在地，看去像一棵柳树。一个多月来，阳光一直普照，那街道像是涂了一层金黄的颜色，这颜色让人心中充满暖意。他伸出两条细长的手臂，好似黑漆漆过又已经陈旧退色了的两条桌腿。他双手举着一把只有三寸来长的锈迹斑斑的钢锯，在阳光里仔细瞅着。

她看到一些孩子在往树上爬，而另一些则站到自行车上去了。她想也许是一个人在打拳卖药吧，可竟会站到街道上去，为何不站到人行道上去。她看到圈子正在扩张，一会工夫大半条街道被阻塞了。然后有一个交通警走了过去，交通警开始驱赶人群了。在一处赶开了几个再去另一处时，被赶开的那些人又回到了原处。她看着交通警不断重复又徒然地驱赶着。后来那交通警就不再走动了，而是站在尚未被阻塞的小半条街上，于是新围上去的人都被他赶到两旁去了。她发现那黑黑的圈子已经成了椭圆。

他嘴里大喊一声："劁！"然后将钢锯放在了鼻子下面，锯齿对准鼻子。那如手臂一样黑乎乎的嘴唇抖动了起来，像是在笑。接着两条手臂有力地摆动了，每摆动一下他都要拼命地喊上一声："劁！"钢锯开始锯进去，鲜血开始渗出来。于是黑乎乎的嘴唇开始红润了，不一会钢锯锯在了鼻骨上，发出沙沙的轻微摩擦声。于是他不像刚才那样喊叫，而是微微地摇头晃脑，嘴里相应地发出沙沙的声音，那锯子锯着鼻骨时的样子，让人感到他此刻正怡然自乐地吹着口琴。然而不久后他又一声一声狂喊起来，刚才那短暂的麻木过去之后，更沉重的疼痛来到了。他的脸开始歪了过去。锯了一会，他实在疼痛难熬，便将锯子取下来搁在腿上。然后仰着头大口大口地喘气。鲜血此刻畅流而下了，不一会工夫整个嘴唇和下巴都染得通红，胸腔上出现了无数歪曲交叉的血流，有几道流到了头发上，顺着发丝爬行而下，然后滴在水泥地上，像溅开来的火星。他喘了一阵气，又将钢锯举了起来，举到眼前，对着阳光仔细打量起来。接着伸出长得出奇也已经染红的指甲，去抠嵌入在锯齿里的骨屑，那骨屑已被鲜血浸透，在阳光里闪烁着红光。他的动作非常仔细，又非常迟钝。抠了一阵后，他又认认真真检查了一阵。随后用手将鼻子往外拉，另一只手把钢锯放了进去。但这次他的双手没再摆动，只是虚张声势地狂喊了一阵。接着就将钢锯取了出来，再用手去摇摇鼻子，于是那鼻子秋千般地在脸上荡了起来。

她看到那个椭圆形状正一点一点地散失开去，那些走开的人影和没走开的人影使她想起了什么，她想到那很像是一小摊不慎失落的墨汁，中间黑黑一团，四周溅出去了点点滴滴的墨汁。那些在树上的孩子此刻像猫一样迅速地滑了下去，自行车正在减少。显然街道正在被腾出来，因为那交通警不像刚才那么紧张地站在那里，他开始走动起来。

他将钢锯在阳光里看了很久，才放下。他双手搁在膝盖上，休息似的坐了好一会。然后用钢锯在抠脚背裂痕里的污垢，污垢被抠出来后他又用手重新将它们嵌进去。这样重复了好几次，十分悠闲。最后他将钢锯搁在膝盖上，仰起脑袋朝四周看看，随即大喊一声："荆！"皮肤在狂叫声里被锯开，被锯开的皮肤先是苍白地翻了开来，然后慢慢红润起来，接着血往外渗了。锯开皮肤后锯齿又搁在骨头上了。他停住手，得意地笑了笑。然后双手优美地摆动起来了，沙沙声又响了起来。可是不久后他的脸又歪了过去，嘴里又狂喊了起来。汗水从额上滴滴答答往下掉，并且大口呼哧呼哧地喘气。他双手的摆动越来越缓慢，嘴里的喊叫已经转化成一种呜呜声，而且声音越来越轻。随后两手一松耷拉了下去，钢锯掉在地上发出清脆的声响。他的脑袋也耷拉了下来，嘴里仍在轻轻地呜呜响着。他这样坐了很久，才重新抬起头，将地上的钢锯捡起来，重新搁在膝盖上，然而却迟迟没有动手，接着他像是突然发现了什么，血红的嘴唇又抖动了，又像是在笑。他将钢锯搁到另一个膝盖上，然后又是大喊一声："刲！"他开始锯左腿了。也是没多久，膝盖处的皮肤被锯开了，锯齿又挨在了骨头上。于是那狂喊戛然而止，他抬头得意地笑了起来，笑了好一阵才低下头去，随即嘴里沙沙地轻声叫唤，随着叫唤，他的双手摆动起来，同时脑袋也晃动，身体也晃动了。那两种沙沙声奇妙地合在一起，听去像是一双布鞋在草丛里走动。疯子此刻脸上的神色出现了一种古怪的亲切。从背影望去，仿佛他此刻正在擦着一双漂亮的皮鞋。这时钢锯清脆地响了一声，钢锯折断了。折断的钢锯掉在了地上，他的身体像是失去了平衡似的摇晃起来。剧痛这时来了，他浑身像筛谷似的抖动。很久后他才稳住身体，将折断的钢锯捡起来，举到眼前仔细观瞧。他不停地将两截钢锯比较着，像是要从里面找出稍长的一截来。比较了好一阵，他才扔掉一截，拿着另一截去锯右腿了。但他只是轻轻地锯了一下，嘴里却拼命地喊了一声。随后他又捡起地上那一截，又举到阳光里比较起来。比较了一会重新将那截扔掉，拿着刚才那截去锯左腿了。可也只是轻轻地锯了一下，然后再将地上那截捡起来比较。

她看到围着的人越来越少，像墨汁一样一滴一滴被弹走。现在只有那么一圈了，很薄的一圈。街道此刻不必再为阻塞去烦恼，那个交通警也走远了。

他将两段钢锯比较来比较去，最后同时扔掉。接着打量起两个膝盖来了，伸直的腿重又盘起。看了一会膝盖，他仰头眯着眼睛看起了太阳。于是那血红的嘴唇又抖动了起来。随即他将两腿伸直，两手在腰间摸索了一阵，然后慢吞吞地脱下裤子。裤子脱下后他看到了自己那根长在前面的尾巴，脸上露出了滞呆的笑。他像是看刚才那截钢锯似的看了很久，随后用手去拨弄，随着这根尾巴的晃动，他的脑袋也晃动起来。最后他才从屁股后面摸出一块大石头。他把双腿叉开，将石头高高举起。他在阳光里认真看了看石头，随后仿佛是很满意似的点了点头。接着他鼓足劲大喊一声："宫！"就猛烈地将石头向自己砸去，随即他疯狂地咆哮了一声。

这时候她看到那薄薄的一圈顷刻散失了，那些人四下走了开去，像是一群聚集的麻雀惊慌失措地飞散。然后她远远地看到了一团坐着的鲜血。

四

天快亮的时候，她被母亲一声毛骨悚然的叫声惊醒。然后她听到母亲在穿衣服了，还听到父亲在轻声说些什么。她知道父亲是在阻止母亲。不一会母亲打开房门走到了外间，那把椅子微微摇晃出几声"吱呀"。她想母亲又坐在那里了。父亲沉重的叹息在她房门上无力地敲打了几下。她没法再睡了，透过窗帘她看到了微弱的月光，漆黑的屋内呈现着一道惨白。她躺在被窝里，倾听着父亲起床的声音。当父亲的双脚踩在地板上时，她感到自己的床微微晃了起来。父亲没有走到外间，而是在床上坐了下来，床摇动时发出了婴儿哭声般的声响。然后什么声音也没有了，只有她自己的呼吸声。

后来她看到窗帘不再惨白，开始慢慢红了起来，她知道太阳在升起，于是她坐起来，开始穿衣服。她听到父亲从床上站起，走到厨房去，接着传来了一丝轻微的声音。父亲已经习惯这样轻手轻脚了，她也已经习惯。穿衣服时她眼睛始终看着窗帘，她看到窗帘的色彩正在渐渐明快起来，不一会无数道火一样的光线穿过窗帘照射到了她的床上。

她来到外间时，看到父亲从厨房里走了出来。父亲已将早饭准备好了。母亲仍然坐在那里一动不动。她看到母亲那张被蓬乱头发围着的脸时，不觉心里一酸。这些日子来她还没有这么认真看过母亲。现在她才发现母亲一下子苍老了许多，苍老到了让她难以相认。她不由走过去将手轻轻放在母亲肩上，她感到母亲的身体紧张地一颤。母亲抬起头来，惊恐万分地对她说："我昨夜又看到他了，他鲜血淋漓地站在我床前。"听了这话，她心里不禁哆嗦了一下，她无端地联想起昨天看到的那一团坐着的鲜血。

此刻父亲走过来，双手轻轻地扶住母亲的肩膀，母亲便慢慢站起来走到桌旁坐下。三人便坐在一起默默地吃了一些早点，每人都只吃了几口。

父亲要去上班了，他向门口走去。她则回自己的房间。父亲走到门旁时犹豫了一下，然后转身走到她的房间。那时她正刚刚掀开窗帘在眺望街道。父亲走上去轻轻对她说："你今天出去走走吧。"她转回身来看了父亲一眼，然后和他一起走了出去。

来到楼下时，父亲问她："你上同学家吗？"她摇摇头。一旦走出了那昏暗的屋子，她却开始感到不知所措。她真想再回到那昏暗中去，她已经习惯那能望到大街的一角玻璃了。尽管这样想，但她还是陪着父亲一直走到胡同口。然后她站住，她想到了自己的伙伴，她担心伙伴万一来了，会上楼去敲门。那时母亲又会害怕得缩成一团。所以她就在这里站住。父亲往右走了，这时候是上班时间，街上自行车蜂拥而来又蜂拥而去，铃声像一阵阵浪潮似的涌来和涌去。她一直看着父亲的背影，她看到父亲不知为何走进了一家小店，而不一会出来后竟朝她走来了。父亲走到她跟前时，在她手里塞了一把糖，随后转身又走了。她看着父亲的背影是怎样消失在人堆里。然后她才低头看着手中的糖。她拿出一颗，其余的放进口袋。她将糖放进嘴里咀嚼起来。她只听到咀嚼的声音，没感觉出味道来。这时她看到有个年轻人正飞快地骑着自行车在车群里钻来钻去。她一直看着他。

她的伙伴此刻走来了，来到她跟前。伙伴说："你们全家都到哪去了？"

她迷惑地望着她，然后摇摇头。

"那怎么敲了半天门没人应声，而且窗帘都拉上了。"

她不知所措地搓起了手。

"你怎么了？"

"没什么。"她说，然后转过头去看刚才那辆自行车，但已经看不到了。

"你脸色太差了。"

"是吗？"她回过头来。

"你病了吗？"

"没有。"

"你好像不高兴？"

"没有。"她努力笑了笑，然后振作精神问，"今天去哪？"

"展销会，今天是第一天。"伙伴说着挽起了她的胳膊，"走吧。"

伙伴兴奋的脚步在身旁响着，她在心里对自己说："忘记那些吧。"

春季展销会在另一条街道上。展销会就是让人忘记别的，就是让人此刻兴奋。冬天已经过去。春天已经来了。他们需要更换一下生活方式了。于是他们的目光挤到一起，他们的脚踩到一起。在两旁搭起简易棚的街道里，他们挑选着服装，挑选着生活用品。他们是在挑选着接下去的生活。

每一个棚顶都挂着大喇叭，为了竞争每个喇叭都在声嘶力竭地叫唤着。跻身于其间的他们，正被巨大的又杂乱无章的音乐剧烈地敲打。尽管头晕眼花，尽管累得气喘吁吁，可他们仍兴致勃勃地互相挤压着，仍兴致勃勃地大喊大叫。他们的声音比那音乐更杂乱更声嘶力竭。而此刻一个喇叭突然响起了沉重的哀乐，于是它立刻战胜了同伴。因为几乎是所有的人都朝它挤去，挤过去的人都哈哈大笑。他们此刻听到这哀乐感到特别愉快，他们都不把它的出现理解成恶作剧，他们全把它当作一个幽默。他们在这个幽默里挤着行走。

她们已经身不由己了，后面那么多人推着她们，她们只能往前不能往后走了。她怀里抱着伙伴买下的东西，伙伴买下的东西两人都快抱不下了，可伙伴的眼睛还在贪婪地张望着。她什么也没买，她只是挤在人堆里张望，就是张望也使她心满意足。挤在拥挤的人堆里，挤在拥挤的声音里，她果然忘记了她决定忘记的那些。她此刻仿佛正在感受着家庭的气息，往日的家庭不正是这样的气息？

她们就这样被人推着走了出去，于是后面那股力量突然消失。她站在那里，恍若一条小船被潮水冲到沙滩上，潮水又迅速退去，她搁浅在那里。她回身朝那一片拥挤望去，内心一片空白。

她听到伙伴在说："那裙子真漂亮，可惜挤不过去。"

伙伴所说的裙子她也看到了，但她没感到它的迷人。是的，所有的服装都没有迷住她。迷住她的是那拥挤的人群。

"再挤进去吧。"她说，她很想再挤进去，但不是为了再去看那裙子一眼。

伙伴没有回答，而是用手推推她，随着伙伴的暗示，她又看到了那个疯子。

疯子此刻就站在不远的地方。他满身都是斑斑血迹，他此刻双手正在不停地挥舞，嘴里也在声嘶力竭地喊着什么。仿佛他与挤在一起的他们一样兴高采烈。

无边无际的人群正蜂拥而来，一把砍刀将他们的脑袋纷纷削上天去，那些头颅在半空中撞击起来，发出无比巨大的声响，仿佛是巨雷在轰鸣。声响又在破裂，破裂成一小块一小块的声音，而这一小块一小块的声音又重新组合起来，于是一股撕心裂胆的声音巨浪般涌来了。破碎的头颅在半空中如瓦片一样纷纷掉落下来，鲜血如阳光般四射。与此同时一把闪闪发亮的锯子出现了，飞快地锯进了他们的腰部。那些无头的上身便纷纷滚落在地，在地上沉重地翻动起来。溢出的鲜血如一把刷子似的，刷出了一道道鲜红的宽阔线条。这些线条弯弯曲曲，又交叉到了一起。那些没有了身体的双腿便在线条上盲目地行走，他们不时撞在一起，于是同时摔倒在地，倒在地上就再也爬不起来。一只巨大的油锅此刻油气蒸腾。那些尚是完整的人被下雨般地扔了进去，油锅里响起了巨大的爆裂声，一些人体像鱼跃出水面一样被炸了起来，又纷纷掉落下去。他看到半空中的头颅已经全部掉落在地了，在地上铺了厚厚的一层，将那些身体和下肢掩埋了起来。而油锅里那些人体还在被炸上来。他伸出手开始在剥那些还在走来的人的皮了。就像撕下一张张贴在墙上的纸一样，发出了一声声撕裂绸布般美妙无比的声音。被剥去皮后，他们身上的脂肪立刻鼓了出来，又奔拉了下去。他把手伸进肉中，将肋骨一根一根拔了出来，他们的身体立即朝前弯曲了下去。他再将他们胸前的肌肉一把一把抓出来，他便看到了那还在鼓动的肺。他专心地拨开左肺，挨个看起了还在一张一缩的心脏。两根辫子晃晃悠悠地独自飘了过来，两只美丽的红蝴蝶驮着两根辫子晃晃悠悠飞了过来。

她看到疯子又在盯着自己看了，口水从嘴角不停地滴答而下。她听到伙伴惊叫了一声，然后她感到自己的手被伙伴拉住了，于是她的脚也摆动了起来。她知道伙伴拉着她在跑动。

五

那场春雪如今已被彻底遗忘，如今桃花正在挑逗着开放了，河边的柳树和街旁的梧桐已经一片浓绿，阳光不用说更加灿烂。尽管春天只是走到中途，尽管走到目的地还需要时间。但他们开始摆出迎接夏天的姿态了。女孩子们从展销会上挂着的裙子里最早开始布置起她们的夏天，在她们心中的街道上，想象的裙子已在优美地飘动了。男孩子则从箱底翻出了游泳裤，看着它便能看到夏天里荡漾的水波。他们将游泳裤在枕边放了几天，重又塞回箱底去。毕竟夏天还在远处。

这时候在那街道的一隅，疯子盘腿而坐。街道洒满阳光，风在上面行走，一粒粒小小的灰尘冉冉升起，如烟般飘扬过去。因为阳光的注视，街道洋溢着温暖。很多人在这温暖上走着，他们拖着自己倾斜的影子，影子在地上滑去时显得很愉快。那影子是凉爽的。有几个影子从疯子屁股下钻了过去。那时他正专心致志地在打量着一把菜刀。这是一把从垃圾中捡来的菜刀，锈迹斑斑，刀刃上的缺口非常不规则地起伏着。

他将菜刀翻来覆去举起放下地看了好一阵，然后滞呆的脸上露出了满意的笑容，口水便从嘴角滴了下来。此刻他脸上烫出的伤口已在化脓了，那脸因为肿胀而圆了起来，鼻子更是粗大无比，脓水如口水般往下滴。他的身体正在散发着一股无比的奇臭，奇臭肆无忌惮地扩张开去，在他的四周徘徊起来。从他身旁走过去的人都嗅到了这股奇臭，他们仿佛走入一个昏暗的空间，走近了他的身旁，随后又像逃离一样走远了。

他将菜刀往地上一放，然后又仔细看了起来，看着看着他将菜刀调了个方向，认真端详了一番后，接着又将菜刀摆成原来的样子。最后他慢慢地伸直盘起的双腿，龇牙咧嘴了一番。他伸出长长的指甲在阳光里消毒似的照了一会后，就伸到腿上十分认真十分小心地剥那沾在上面的血迹。一个多星期下来，腿上的血迹已像玻璃纸那么薄薄地贴在上面了，他很耐心地一点一点将它们剥离下来，剥下一块便小心翼翼地放在一旁，再去剥另一块。全部剥完后，他又仔细地将两腿检查了一番，看看确实没有了，就将玻璃纸一样的血迹片拿到眼前，抬头看起了太阳。他看到了一团暗红的血块。看一会后他就将血迹片放在另一端。这里拿完他又从另一端一张张拿起来继续看。他就这么兴致勃勃地看了好一阵，然后才收起垫到屁股下面。

他将地上的菜刀拿起来，也放在眼前看，可刀背遮住了他的眼睛，他只看到一团漆黑，四周倒有一道道光亮。接下去他把菜刀放下，用手指在刀刃上试试。随后将菜刀高高举起，对准自己的大腿，嘴里大喊一声："凌迟！"菜刀便砍在了腿上。他疼得嗷嗷直叫。叫了一会低头看去，看到鲜血正在慢慢溢出来，他用指甲去拨弄伤口，发现伤口很浅。于是他很不满意地将菜刀举起来，

　　　　　　　　　　　　　｜ 余华作品

在阳光里仔细打量了一阵，再用手去试试刀刃。然后将腿上的血沾到刀上去，在水泥地上狠狠地磨了起来，发出一种粗糙尖利的声响。他摇头晃脑地磨着，一直磨到火星四散，刀背烫得无法碰的时候，他才住手，又将菜刀拿起来看了，又用手指去试试刀刃。他仍不满意，于是再拼命地磨了一阵，直磨得他大汗淋漓精疲力竭为止。他松开手，歪着脑袋喘了一会气，接着又将菜刀举在眼前看了，又去试试刀刃，这次他很满意。

他重新将菜刀举过头顶，嘴里大喊一声后朝另一侧大腿砍去。这次他嘴里发出一声尖细又非常响亮的呻吟，然后呜呜地叫唤了起来，全身如筛谷般地抖动，耷拉着的双手也不由自主地摇摆了。那菜刀还竖在腿里，因为腿的抖动，菜刀此刻也在不停地摇摆。摇摆了好一阵菜刀才掉在地上，声响很迟钝。于是鲜血从伤口慢慢地涌出来，如屋檐滴水般滴在地上。过了很久，他才提起耷拉着的手，从地上捡起菜刀，菜刀便在他手里不停地抖动，他迟疑了片刻，双手将刀放进刚才砍出的伤口，然后嘴里又发出了那种毛骨悚然的呜呜声，慢慢地他从腿上割下了一块肉。此刻他全身剧烈地摇晃了起来，那呜呜声更为响亮。那已不是一声声短促的喊叫，而是漫长的几乎是无边无际的野兽般的呜咽声了。

这声音让所有在不远地方的人不胜恐惧。此刻这条街上已空无一人，而两端却站满了人。他们怀着惊恐的心情听这叫人胆战心惊的声音。有几个大胆一点的走过去看了一眼，可回来时个个脸色苍白。一些人开始纷纷退去，而新上来的人却再不敢上前去看了。

那声音开始慢慢轻下去，虽说轻下去可不知为何更为恐惧。那声音现在鬼哭狼嚎般了，仿佛从一个遥远的地方传来，阴沉又刺耳。尽管他们此刻挤在一起，却又各自恍若是在昏暗的夜间行走时听到的骇人的声音，而且声音就在背后，就在背后十分从容地响着，既不远去也不走近。他们感到一股力量正在挤压心脏，呼吸就是这样困难起来。

"去拿根绳子把他捆起来。"一个窒息的声音在他们中间亮了出来。于是他们开始说话，他们的声音仿佛被一根绳子牵住似的，响亮不起来。他们都表示赞同。有人走开了，不一会工夫就拿来了一根麻绳。但是没人愿意过去，刚才说话的那人已经消失了。此时那声音越来越低，像是擦着地面呼啸而来。他们已经无法忍受，却又没有离去。他们感到若不把疯子捆起来，这毛骨悚然的声音就不会离开耳边，哪怕他们走得再远，仍会不绝地回响着。于是大家都推荐那个交通警走过去，因为这是他的职责。但交通警不愿一人走过去，交涉了好久才有四个年轻人站出来愿意陪他去。他们每人手里都拿着一根棍子，以防疯子手中的刀向他们砍过来。

他已不再呜咽，已不再感到疼痛，只是感到身上像火烧一样燥热。他嘴里吐着白沫，神情僵死又动作迟缓地在腿上割着。尽管那样子看上去已经奄奄一息，可他依旧十分认真十分入迷。最后他终于双手无力地一松，菜刀掉在了地上。然后他如死去一般坐了很久，才长长地吐了口气，又吃力地从地上捡起了菜刀。

他们五个人拿着绳子走过去，有一个用木棍打掉他手中的菜刀，另四人便立刻用麻绳将他捆起来。他没有反抗，只是费劲地微微抬起头来望着他们。

他看到五个刽子手走了过来，他们的脚踩在满地的头颅和血肉模糊的躯体上，那些杂乱的肋骨微微翘起，他们的脚踩在上面居然如履平地。他看到他们身后跟着一大群人，那些人都鲜血淋漓，身上的皮肉都被割去了大半，而剩下的已经无法掩盖暴露的骨骼。他们跟在后面，无声地拥来。他看到五个刽子手手里牵着五辆马车走来，马蹄扬起却没有声音，车轮在满地的头颅和躯体上辗过，也没有声音。他们越来越近，他知道他们为何走来。他没有逃跑，只是默默地看着他们走来。他们已经走到了跟前，那后面一大群血淋淋的骨骼便分散开去，将他团团围住。五个刽子手走了上来，一人抓住他的脖子，另四人抓起他的四肢。他脱离了地面，身体被横了起来。他看到天空一片血色，一团团凝固了的暗红血块在空中飘来飘去。他感到自己的脖子里套上了一根很粗的绳子，随即四肢也被绑上了相同的绳子。五辆马车正朝五个方向站着。五个刽子手跳上了各自的马车。他的身体就这样荡了一会。然后他看到五个刽子手同时扬起了皮鞭，有五条黑蛇在半空中飞舞起来。皮鞭停留了片刻，然后打了下去。于是五辆马车朝五个方向奔跑了起来。他看到自己的四肢和头颅在顷刻之间离开了躯体。躯体则沉重地掉了下去，和许多别的躯体混在了一起。而头颅和四肢还在半空中飞翔。随即那五个刽子手勒住了马，他的头颅和四肢便也掉在了地上，也和别的头颅和四肢混在一起。

然后五个刽子手牵着马朝远处走去，那一大群血淋淋的骨骼也跟着朝远处走去。不一会他们全都消失了。于是他开始去寻找自己的头颅、自己的四肢还有自己的躯体。可是找不到了，它们已经混在了满地的头颅、四肢和躯体之中了。

黄昏来临时，街上行人如同春天里掉落的树叶一样稀少。他们此刻大多围坐在餐桌旁，他们正在享受着热气腾腾的菜肴。那明亮的灯光从窗口流到户外，和户外的月光交织在一起，又和街上路灯的光线擦身而过。于是整个小镇沐浴在一片倾泻的光线里。

他们围坐在餐桌旁，围坐在这一天的尾声里。在此刻他们没有半点挽留之感，黄昏的来临让他们喜悦无比，尽管这一天已进入了尾声，可最美妙的时刻便是此刻，便是接下去自由自在的夜晚。

他们愉快地吃着，又愉快地交谈着。所有在餐桌旁说出的话都是那么引人发笑，那么叫人欢快。于是他们也说起了白天见到的奇观和白天听到的奇闻。这些奇观和奇闻就是关于那个疯子。

那个疯子用刀割自己的肉，让他们一次次重复着惊讶不已，然后是哈哈大笑。于是他们又说起了早些日子的疯子，疯子用钢锯锯自己的鼻子，锯自己的腿，他们又反复惊讶起来。还叹息起来。叹息里没有半点怜悯之意，叹息里包含着的还是惊讶。他们就这样谈着疯子，他们已经没有了当初的恐惧。他们觉得这种事是多么有趣，而有趣的事小镇里时常出现，他们便时常谈论。这一桩开始旧了，另一桩新的趣事就会接踵而至。他们就这样坐到餐桌旁，就这样离开了餐桌。

接着他们走到了窗前，走到了阳台上。看到月光这么明亮，感到空气这么温馨。于是他们互相说："去走走吧。"他们便走了出去，他们知道饭后散步有益于健康。不想出去的则坐在彩电旁，看起了与他们无关、却与他们相似的生活来。而此刻年轻人已经在街上走来走去了。

孩子是什么时候出去的，父母根本没觉察，只记得吃饭时他们还坐在桌旁。

年轻人来到了街上，夜晚便热烈起来。灯光被他们搅乱了，于是刚才的宁静也被搅乱了。尽管他们分别走向影剧院，走向俱乐部，走向朋友，走向恋爱。可街道上依旧人来人往，人群依旧如浪潮般从商店的门口涌进去，又从另一个门口退出来。他们走在街上只是为了走，走进商店也是为了走。父母们稍微走走便回家了，他们还要走，因为他们需要走。他们只有在走着的时候才感到自己正年轻。

可是夜晚竟是那样的短暂，夜晚才刚刚来临，却已是深更半夜。尽管夜晚快要结束，尽管他们开始互道"明天见"了，开始独个回家了，可他们心中仍是充满喜悦。因为他们已经尽情享受了这个夜晚，而且他们明天还要继续享受。于是他们兴致勃勃地回家了，于是街道重又宁静了。

此刻商店的灯火已经熄灭，而那些家庭的灯火也已经或者正在熄灭。唯有路灯还亮着，唯有月光还在照耀着。他们开始沉沉睡去，小镇也开始沉沉睡去。但睡不了多久了，因为后半夜马上就会过去，那清晨的太阳也马上就会升起。

那疯子依旧坐着，身上绳子捆得十分结实，从那时到现在他一动不动。直到天快亮的时候，他才从深深的昏迷中醒过来。那时太阳快要升起了，一片灿烂的红光正从东方放射出来。他从昏迷中醒来时，第一眼就看到了那一片红光。于是这时候他仿佛听到了一种吼声，吼声由远至近，由轻到响，仿佛无数野兽正呜咽着跑来。这时候他精神振奋起来了，因为他还看到了一堆熊熊燃烧的大火。现在他可以断定吼声就是从那里飘来。他似乎看到了无数人体以各种姿态纷纷在掉落下来。于是他兴高采烈地跳跃着朝那里跑去。

恍若从沉沉昏睡中醒来，他的内心慢慢洋溢出一种全新的感觉。他的眼睛在无知无觉中费力地睁了开来。于是看到了一条街道躺在黎明里，对面的梧桐树如布景一样。

像是昏迷了很久，此刻他清醒过来了。在清醒过来的时候里，他脑中似乎一团烟雾在缭绕，然而现在开始慢慢散去。等到烟雾消散后，他脑中竟像一座空空的房屋一样，里面什么也没有。但透过那个小小的窗口，他开始看到了一些什么，而一些全新的情景也从那个窗口走了进来。

但是现在他感觉不到自己，他想活动一下四肢，可四肢没动静，于是他想晃动一下脑袋，脑袋没有反应。然而他内心却渐渐清晰起来。可是越是清晰便越麻木了，麻木是对身体而言。他明显地感到自己正在失去身体，或者说正在徒劳地寻找自己的身体。竟然会没有了身体，竟然会找不到身体。他于是惊讶起来。

那个时候他开始想起了一些什么，那些东西很多，挤在一起乱糟糟的。他很费力地把它们整理起来。不久后他终于想起自己是在学校的办公室里，两支日光灯明晃晃地闪着，西北风正在屋顶上呼啸。桌上的灰尘很厚，而窗玻璃却格外明净。他想起了自己是在街上走着，是穿着拖鞋在街上走着，有很多人拥着他也在走着。他想起了一群人闯进了他的家，那时他正在洗脚，妻子正坐在床沿上，他们的女儿已经睡了。

现在他完全清醒了，他发现刚才自己所想到的一切都发生在昨夜。现在早霞已经升起来了，太阳尽管还没有升起，可也快了。他肯定那些是发生在昨天夜晚。他是昨天夜晚离开家的，是被人带走的，那时妻子仍然坐在床沿上，妻子麻木地看着他被人带走了。他的女儿哭了，女儿为什么要哭呢？

但是现在他感到自己不在学校办公室里，因为他看到的不是明净的窗玻璃和积满灰尘的办公桌，他看到的是街道和梧桐树。他不知道自己怎么会来到这里。他费劲将脑袋整理了一番，仍然不知道自己为何会在这里。于是他不再想下去。他感到自己应该回家了。妻子和女儿也许还在睡，女儿正枕在妻子的胳膊上睡着，而妻子应该将头枕在他的胳膊上，可他现在竟然在这里。他要回家了。他想站起来，可他的身体没有反应。他不知道自己的身体被丢到什么地方去了。没有身体他就不能回家，不能回家让他感到非常伤心。现在他似乎认出这条街道来了。他想只要沿着它往前走，走不远就可以拐弯，拐弯以后就可以看到自己家的窗户了。

他发现自己此刻离家很近，可他没有了身体，他没法回家。

他仿佛看到自己正拿着厚厚的书在师院里走着。他看到妻子梳着两根辫子朝他走来，但那时他们不相识，他们擦身而过。擦身而过后他回头看到了两只漂亮的红蝴蝶。他仿佛看到街上下起了大雪，他看到在街上走着的人都弯腰捡起了雪片，然后读了起来。他看到一个人躺在街旁邮筒前死了。流出来的血是新鲜的，血还没有凝固，一张雪片飘了下来，盖住了这人半张脸。

太阳已经升起来了，光芒从远处的云端滑了过来，无声无息。他看到有人在那条街道上走动了。他看到他们时仿佛是坐在远处看着一个舞台，他们在舞台上出现，在舞台上说话并摆出了各种姿势。他不在他们中间，他和他们之间隔着什么。他们只是他们，而他只是他。然后他感到自己站起来走了，走向舞台的远处。然而他似乎仍在原处，是舞台在退去，退向远处。

天亮的时候，她醒了过来。她听到了厨房里碗碟碰撞的声音，她想父亲已经在准备早饭了。而母亲大概还是在原先的地方坐着，还是原先的神态。她不知道这样还要持续多久，不知道发展下去将会怎样。她实在不愿去想这些。她开始起床了，她看到窗帘又如往常一样在闪闪烁烁，她看到阳光在上面移动。她真想去扯开窗帘，让阳光透过明净的玻璃照到床上来，照到她身上来。她下了床，走到镜前慢慢地梳起了头发，她看到镜中自己的脸已经没有生气，已经在憔悴。她心想这一天又将如何度过，这样想着她来到了外间。她突然发现外间一片明亮，她大吃一惊。她看到是窗帘被扯开来，阳光从那里蜂拥而进。那把椅子空空地站在那里，阳光照亮它的一角。

母亲呢？她想。这么一想使她万分紧张。她赶紧往厨房走去。然而在厨房里她看到的不是父亲，而是母亲。那时母亲刚好转过身来，朝她亲切地一笑。她发现母亲的头发已经梳理整齐了，那从前的神色又回到了母亲脸上，尽管这张脸已经憔悴不堪。看着惊讶的她，母亲轻轻说："天亮时我听到他的脚步声，他走远了。"母亲的声音很疲倦。她如释重负地微笑了。母亲已经转回身去继续忙起来，她朝母亲的背影看了很久。然后她突然想起了什么，赶紧转过身去。她发现父亲正站在背后，父亲的脸色此刻像阳光一样明亮。她想父亲已经知道了。父亲的手伸过来轻轻在她脑后拍打了几下。她看到父亲的头发全白了。她知道他的头发为何全白了。

吃过早饭，母亲拿起菜篮，问他们："想吃点什么？"母亲的声音里充满内疚，"已经很久没让你们好好吃了。"

父亲看着她，她也看着父亲。父亲不知如何回答，她也不知说什么。母亲等了一会，然后微微一笑，又问："想吃什么？"

她开始想了，可想了很久什么都没想起来。于是只得重新看起了父亲。这时父亲问她了："你想吃什么？"

"你呢？"她反问。

"我什么都想吃。"

"我也什么都想吃。"她说。她感到这话说对了。

母亲说："好吧，我什么都买。"

三人轻轻笑了起来。她说："我和你一起去吧。"母亲点点头，于是他们三人一起走了出去。

她的双手重新挽住父母了，因此从前的生活也重又回来了。他们现在一起走着，一些熟人又和他们开玩笑了，开的玩笑也是从前的。她走在中间，心里充满喜悦。

来到胡同口，父亲往右走了，他要去上班。她和母亲就站在那里，看着父亲潇洒的背影和有力的双腿。父亲走了不远又回过头来看她们，发现她们正看着自己，他就走得越发潇洒了。她和母亲都禁不住笑了起来。

这时她突然想起了什么，急忙喊了起来。父亲站住脚回头望来。

她继续喊："给我买一个皮球。"

父亲显然一怔，但他随即点点头转身走去了。她不禁潸然泪下。母亲转过脸去，装作没有看到，然后她们两人就这样默默无语地走了起来。

她们看到前面围着一群人，便走上去看。于是她们看到了那个疯子。疯子还被捆着，疯子已经死了，躺在一个邮筒旁，满身的血迹看去像是染过一样。有几个人正骂骂咧咧地把他抬起来，扔到一辆板车上。另一个骂骂咧咧地提着一桶水走来，往那一摊血迹上一冲，然后用扫帚胡乱地扫了几下便走了。板车被推走了，围着的人群也散了开去。于是她们继续走路。她在看到疯子被扔进板车时，蓦然在心里感到一阵轻松。走着的时候，她告诉母亲说这个疯子曾两次看到她如何如何，母亲听着听着不由笑了起来。此刻阳光正洒在街上，她们在街上走着，也在阳光里走着。

六

就这样春天走了，夏天来了。夏天来时人们一点也没有觉察，尽管还是阳春时他们已在准备迎接夏天了，可他们还是没有听到夏天走来的脚步声。他们只是感到身上的衣服正在轻起来。但他们谁也没有觉察到夏天来了，他们始终以为自己依旧生活在春天里，他们感到每一天都是一样的美好，所以他们以为春天还在继续着，他们以为春天将会无休止地继续下去。可当他们穿着西装短裤、穿着裙子来到街上时，他们才发现夏天早就来了。他们开始听到知了在叫唤，开始听到敲打冰棍箱的声音。他们开始感到阳光不再美好，而美好的应该是树阴。于是他们比春天里更喜爱现在的夜晚，那夜晚像井水一样清凉，那夜晚里有微风在吹来吹去。于是在夜晚里所有的人都跑出房屋来了，他们将椅子搬到阳台上搬到家门口，他们将竹床搬到胡同里，而更多的他们则走向田野。在无边无际的田野里，他们寻找到了一条条弯弯曲曲的田埂，他们便走上去，走在洒满月光的田埂上。青蛙在两旁稻田里声声叫唤，萤火虫在他们四周闪闪烁烁地飞舞。

总是太阳刚刚落山、晚霞刚刚升起的时候，她从家里走了出来，在胡同口和她的伙伴相遇。她看到伙伴穿着和她一样漂亮的裙子。于是她们并肩走上了大街，她感到伙伴的裙子正在拂打着自己的裙子，而自己的裙子也在拂打着伙伴的裙子。她看到街上飘满了裙子，还有不少裙子正从一个个敞着的门口，一个个敞着的胡同口飘出来。街上的裙子就这样汇聚起来，又那样分散开去。街上的裙子像是一个舞蹈。

这时她们看到一个疯子正一跃一跃地走来，像是跳蚤般地走来。那是个干净的疯子，他嘴里一声声叫唤着"妹妹"走来。

她们想起来了，这人是谁？她们知道他是在"文革"中变疯的，他的妻子已和他离婚，他的女儿是她们的同学。他嘴里叫着"妹妹"，那是在寻找他的妻子。

"好久没看到他了，我还以为他死了。"伙伴这么说，说毕伙伴轻轻拉了拉她的手，随即暗示她看前面走来的母女两人。"就是她们。"伙伴低声说，其实不说她也知道。

她看到这母女俩与疯子擦身而过，那神态仿佛他们之间从不相识。疯子依旧一跃一跃走着，依旧叫唤着"妹妹"。那母女俩也依旧走着，没有回过头。她俩走得很优雅。

一九八六年十二月三十一日